再《さい》召《しょう》喚《かん》勇《ゆう》者《しゃ》は年《とし》下《した》騎《き》士《し》の執《しゅう》愛《あい》から逃《に》げられない

村《むら》崎《さき》 樹《たつる》

ILLUSTRATION：秋《あき》吉《よし》しま

再召喚勇者は年下騎士の執愛から逃げられない

LYNX ROMANCE

CONTENTS

再召喚勇者は年下騎士の
執愛から逃げられない

ブラインドを下ろした事務室で残業をしていると、無人島に一人取り残されたような気持ちになる。昼間の活気はすでに遠く、仕事から解放された人々の賑《にぎ》わいからも切り離され、透弥《とうや》だけが質素な事務用デスクという島にぽつんと佇《たたず》んでいた。

　モニターに表示された表計算ソフトと手元のメモを交互に眺めていると、背後で扉が開く音がした。顔を覗《のぞ》かせたのは営業部の北澤《きたざわ》だった。

「牧野《まきの》、まだ残ってたんだ」

　中途入社の北澤は、今年で二十六歳になる透弥と同い年だ。営業部は同じフロアにあり、営業事務を務める透弥は業務上彼とよく話していた。

　忘れものでもしたらしく、北澤は一度自分のデスクに立ち寄ってから、透弥のもとへやってきた。

「今日中に作っちゃいたい資料があってさ」

「急ぎの仕事？　……って、これ、お客さんに提出する売上集計じゃん。営業がやるべき業務なのになんで牧野がやってんだよ、担当営業誰だ？」

　北澤が不愉快も露《あら》わにモニターを睨《にら》むので、透弥はネクタイをゆるめる振りをしてメモ帳の記名部分にさりげなく腕を乗せた。隠すまでもなく「どうせ小寺《こでら》だろ」と見抜かれたのだが。

「あいつ、調子いいとこあるからなあ……。自分でやれって明日突っ返しとく」

「えっ。いいよ、そんな。っていうか僕が声かけたんだよ、よかったらやっておこうかって」

「小寺が『今日は彼女とデートだから絶対定時で上がる！』って息巻いてたから、牧野が変に気を遣ったんだろ」

　これもまた図星だ。視線を泳がせる透弥に、北澤は大袈裟《おおげさ》な仕草で肩を竦《すく》めてみせた。

「でもさあ、毎月のことなのに準備してなかった小寺が悪いだろ。牧野は先回りして助け船出しすぎ」

「ごめん……」

　正論すぎてぐうの音も出ない。北澤は「牧野が謝ることじゃないけど」と苦笑した。

　透弥は大学卒業後、メーカーから仕入れた商品を小売業者へ届ける卸会社に入社し、この四月で四年目に入った。主に電動工具を扱っていて、顧客は建築会社やガス・水道といった、いわゆる公共機関だ。

　営業事務では、受注・発注の処理と荷受け、粗利計算をしながらの売上処理といった営業部のサポートをメイン業務としている。とはいえ、透弥のサポートが少しばかり過剰なのは事実だった。

「彼女との予定が～とか、奥さんがどうの……って言われると、つい声をかけちゃうんだよね。僕は別にそういう相手もいないから、優先したい相手がいるのを微笑《ほほえ》ましく感じるというか」

「牧野も作ればいいじゃん、彼女。経理部や総務部の女子から評判いいよ。穏やかで包容力もあって、容姿が中の上なのも結婚相手向きで好感度高いって」

「それ褒められてる？」

「しっかり褒められてるよ。俺なんかド真ん中、凡人オブ凡人って言われてんだぞ！」

　天を仰いで吼《ほ》える北澤に、透弥は声を出して笑った。

はっきりとした二重と、アーモンド型の目が特徴の透弥の顔は、男性にしては柔和な印象だ。髪は染めていないが黒というより焦げ茶に近く、平均身長は超えているものの全体的に線が細い。圧倒的にモテた記憶はないが、女の子から告白された経験は何度かあり、中の上という評価には妙に納得する。

北澤の左手に光る指輪を見て、透弥はふっと口許をゆるめた。

「奥さんにとっては誰よりも格好いい旦那様だって。ほら、用事が済んだならさっさと帰りな」

軽く手を振る透弥に、北澤はいまだ納得がいかない様子で顔を顰《しか》める。

「牧野のために経理女子と総務女子の合コンをセッティングするよう、小寺に言っとくから」

「いいよ、別に。そもそも小寺は彼女持ちだろ？」

「ちゃっかり仕事を押しつけた牧野のために犠牲になれ、そして彼女と揉《も》めとけ」

「なんで引っ掻《か》き回すんだよ」

軽い調子で笑い、今度こそ北澤を帰らせた。事務室が再び静かになると、透弥は画面を眺め「まいったな」とこぼした。売上集計のことではなく、合コンの話だ。

ほどなくして業務を終えた透弥は、オフィスビルの警備員に挨拶して会社をあとにした。電車に揺られ、一人暮らしをしている賃貸マンションに帰る。

まっすぐ寝室に向かった透弥は、スーツのジャケットをハンガーにかけ、首元をわずかにくつろげてベッドに転がった。サイドテーブルに乗っている写真立てには父方の祖父母が写っている。幼い頃に離婚した両親に代わり、透弥は祖父母に育てられた。

幸いにも祖父母はおおらかで、情に厚く、透弥にたくさんの愛情を注いでくれた。少々内気な性格ではあるものの、透弥は不自由なく育った。社会人になったら孝行しようと決めていたが、透弥が大学二年生のときに祖母が、その一年後に祖父が他界してしまった。

大学の入学式に撮ったその写真の中で、透弥は正門の前で祖父母の肩を抱き、満面の笑みを見せている。内向的だった幼少期の面影はない。高校一年生でのとある経験が、透弥に自信を持たせてくれていた。

（このときの僕が一番輝いてたかもな……）

今はもうこんなふうに、未来への希望に満ちた笑顔を浮かべることはない。絶望しているわけではなく、ただ身のほどを知っただけだ。己の魅力がどの程度かをわきまえずに出しゃばれば、要らぬ恥をかくし傷つきもする。

その事実を痛感していた透弥は、業務においてもプライベートにおいても、自分が求める役割よりも求められる役割に回ることを徹底していた。空気を読もうとするあまり、今日のように北澤から注意されることもあるが、基本的に波風の立たない人生を歩んできたと思う。

この先もきっとそうなのだろう。十年前のような、心躍る非日常など訪れない。身の丈にあった慎《つつ》ましい日々を過ごしていくだけ……――。

残業の疲れからか、着替えもせずにまどろみ始めたときだった。バチッと電気が弾けるような音がした途端、唐突に視界が闇へと沈む。同時に、横たえていた体の下から青い光が放たれた。

「これって……!?」

慌てて飛び起きた透弥の目に映ったのは、光によって浮かび上がる紋様だった。円形を基調に、複雑な模様を加えたその形に、透弥は覚えがあった。

「そんな……まさか、魔法陣……!?」

マンションの寝室が青白い光に満たされる。平衡感覚が失われ、ベッドに触れているはずの下半身がふわりと浮かび上がった。


最初に視界に飛び込んできたのは、浮き彫り細工を施したグレーの天井だった。それがやけに近いと思ったら、次の瞬間には重力に引きずられ、透弥は真っ逆さまに落下していた。

「うわああぁ！」

手足をばたつかせて空中でもがくものの、つかめるものはなにもない。その間にもどんどん天井が遠ざかっていく。床に叩きつけられる恐怖に、透弥は固く目をつむった。

ドッと背中に衝撃が走る。しかし覚悟していたよりもずっと軽く、痛みはなかった。背中と膝の裏に腕の、肩に手の感触を覚え、透弥は恐る恐るまぶたを上げた。

透弥を横抱きにしていたのは、精悍《せいかん》な面立ちの青年だった。

ヘーゼルカラーというのだろうか。虹彩《こうさい》は緑と茶が混じり合った複雑な色で、瞳は猛禽《もうきん》類を連想さ

せる鋭さだ。凛々《りり》しい眉が双眸《そうぼう》の印象をより強めている。襟足をすっきりさせた金髪は、所々銀色の毛束があり目を引いた。年は同年代、もしくはいくつか下だろうか。

　透弥と目が合うと、彼はひゅっと息を呑《の》んだ。視線を泳がせ分かりやすく狼狽《ろうばい》する。

「け……怪我《けが》は、ないか？」

　少しばかりどもりながら彼は問う。耳馴《な》染《じ》みのいい低い声だった。

　透弥もまた困惑の中で首を横に振った。いまだ心臓はバクバクと高鳴っているが、体のどこにも違和感はない。彼が受け止めてくれたおかげだ。

「あの、ありが……」

「あなたがトウヤ・マキノか？」

　食い気味に質問を重ねられ、透弥は戸惑った。力強い目は透弥から離れる気配がなく、端整な顔をぐっと寄せられて鼓動が速くなる。身を引こうにも透弥の体はいまだ彼の腕の中だ。

（どうして僕の名前を知っているんだろう。それに……彼、日本《にほん》語を話してない）

　聞こえてくるのは馴れ親しんだ言語ではないのに、彼が口にしている内容をすんなり理解できた。奇妙な現象だが、大きな驚きはない。よく似た出来事を透弥は十年前にも経験していたのだ。

　彼の容姿や声に、胸の奥にしまい込んでいた思い出が次々によみがえってきた。異世界での冒険と、支えてくれた仲間たちの記憶。当時十六歳だった透弥を特に気にかけてくれたのは、特徴的な髪色をした快活な剣士だった。

透弥がずっと、忘れられずにいた人。

「アーロン……？」

信じられない思いで名前を口にすると、彼は双眸を大きく見開いた。どこか興奮した雰囲気が一転し、みるみるうちに醒《さ》めたような表情に変わっていく。それから、今度は憤った様子で眉を寄せた。

「俺はアーロンじゃない」

彼は吐き捨てるように告げ、ふいと顔を背けて透弥を床に立たせた。それでようやく彼の全身を確認できた。

長身を包むのは青を基調にした膝下丈のコートだ。部分的に配色された白色の布地と、金色の肩章や飾緒《しょくしょ》が、豪奢《ごうしゃ》でありながら清廉な印象を作っている。コートの腰元に巻かれたベルトには、股下よりもさらに長い剣が差されていた。

（アーロンじゃないなら、この人は一体……？）

恐る恐る周囲を見回した透弥は、どうやらここは神殿らしいと悟った。石造りの建物内には太い柱が並び、背後に女神をモチーフにした石膏《せっこう》像が立っている。壁には細やかな彫刻が施されていた。

厳かな雰囲気に満ちた建物は、その大きさの分だけ天井が高かった。あの付近から落ちてきたのなら、床に叩きつけられていれば怪我では済まなかったかもしれない。今さらながらにゾッとする。

透弥がいる場所は半円形の高い壇になっていた。階段を下りた場所には多くの人が見える。丈の長い祭服をまとっているのは神官、金属製の防具を身に着けているのは兵士だろうか。

「トウヤ！」

背後からかけられた声に、透弥はぴくりと肩を跳ねさせた。自分の名を呼ぶ溌剌《はつらつ》としたそれに迷いはない。期待と緊張で鼓動を速めながら透弥は振り返る。

屈託のない笑みを浮かべ、大きく手を振っている男性は、透弥を助けてくれた青年と同じ装いをしていた。金と銀が混じった髪はゆるく波打ち、左目を黒の眼帯で覆っている。おおらかな雰囲気の目許には小さな皺《しわ》が寄っていて、恐らく四十歳を過ぎているだろうか。

記憶の中の彼よりもずっと年齢を重ねているけれど、間違いない。

「アーロン……！　今度こそアーロンだよな⁉」

ぱっと表情を明るくする透弥に、彼は大股で近寄ってきた。壇を上り、すぐ目の前に立つ。

「ああ、そうさ。トウヤと一緒に魔王討伐に奔走した勇敢なる剣士、アーロン・クロムウェルとは俺のことよ」

おどけた様子で親指を立てるアーロンに、一気に懐かしさが込み上げてきた。屈託のない笑顔も、お調子者な性格もまるで変わっていない。親しい友人と再会できた喜びに胸が高鳴る。一方で、三歳しか変わらなかったはずの年の差が随分と離れていることに戸惑った。

アーロンはちらりと透弥の後ろに目をやると、一瞬だけ思案する様子を見せた。直後に口角を上げ、遠慮のない動作で男性の肩を抱く。

「こいつは一人息子のギルバートだ。俺が所属する騎士団の一員として働いてる」

親しげに振る舞うアーロンとは対照的に、ギルバートは露骨に顔を歪《ゆが》めた。鬱陶《うっとう》しげにアーロンの腕を振り払う。確かに、ギルバートやアーロンが身にまとっているのは、騎士団の制服のようだ。

しかしなにより衝撃を受けたのは、「一人息子」という紹介だった。

「アーロン……、結婚したんだ」

「トウヤがネスティニアを去ってから一年後くらいにな。結婚して二十五年が経《た》つから、ギルバートも今年で二十四歳か。あっという間だな」

ということは、アーロンは四十五歳になる計算だ。当時は気さくな兄貴分だったが、今では上司と部下くらい、下手をすれば親子にもなり得る年齢差ができてしまった。

唖然《あぜん》とする透弥を、アーロンもまた顎に指を添えてしげしげと見つめる。

「トウヤはちょっとばかし老けたか……？　十六歳にしちゃ随分落ち着いちまってるが」

「じっ、十六だって？　まさか、もう二十六歳だよ。前回の召喚から僕の世界では十年も経ったんだから」

「二十六ぅ!?」

今度はアーロンが目を丸くする番だった。その横で、ギルバートが盛大な溜《た》め息を漏らす。

「どうせまた魔法陣の不調だろ。この神殿の魔法陣で移動すると、目的地からずれた場所に移動してしまうと度々報告があがっている。召喚予定の時空から十年もずれたうえに、魔法陣の遙《はる》か上から出現させるなんて、本来ならあり得ない」

ギルバートに鋭く睨まれ、白髭《しろひげ》を蓄えた神官がおろおろと視線をさまよわせた。きっと彼が召喚の儀を行ったのだろう。

透弥の足の下には複雑な紋様の魔法陣が描かれていた。魔法陣を使って召喚された者は、異世界の言語に自然と馴染む仕組みになっている。ギルバートたちの言葉が理解できるのもそれが理由だ。

二十六年後の世界のアーロンたちが召喚しようとしたのは、十六歳——十年前に日本へ帰還した直後の透弥だったらしい。その帰還の際も、召喚当日に戻してもらうつもりが、三日後の世界にずれてしまっていたのだが。

（現代日本では僕の消息が丸三日分からない状態だったから、じいちゃんやばあちゃんに心配をかけちゃったんだよなあ。警察には思春期を拗《こじ》らせた末の家出として処理されたけど）

苦笑を漏らす透弥の肩に、アーロンがぽんと手を置いた。

「とにかく、こうやって再びネスティニア王国に来てくれたことに感謝する。——伝説の勇者、トウヤ・マキノ」

その言葉に合わせ、透弥を囲う人々が一斉に膝を折り、恭しくこうべを垂れた。ギルバートもワンテンポ遅れながら、同じように敬意を表すポーズを取る。一介の会社員にするにはあまりに大仰な挨拶に、透弥は居たたまれなくなった。

透弥がネスティニア王国に召喚されるのは今回が二度目だった。十六歳のときにも、ネスティニア王国を脅かす魔王を討伐するため、勇者として召喚されていたのだ。

レンガ造りの建物が並ぶ王都の街並みは、世界史の教科書に載っているようなレトロな雰囲気を漂わせている。現代日本とは異なる時空にあるネスティニア王国は、精霊の加護によって栄えた大国だ。火の加護を受けた地域では鍛冶が発展し、水の加護を受けた町では漁業が、土の加護を受けた村では農業が……というように、精霊から与えられる恵みを活《い》かし、競い合うように成長を遂げてきた。

その恩恵を享受しているのは人間だけではなかった。ネスティニアには動物の上位互換とされる「野獣」――ゴブリンやゴーレムといった、いわゆるモンスターってやつ――が存在していた。

野獣は森や洞窟を探索する人を度々困らせたが、互いのテリトリーを荒らさないように工夫して生活してきた。ときには剣士や魔導師といった冒険者が、狩猟や討伐を担うこともあるものの、村を壊滅させるような大きな被害が出ることはほとんどなかった。

二十六年前、そんな平和な王国に災いをもたらしたのが魔王だ。

暗黒の存在である魔王は、漆黒のローブをまとった人間のような姿をしていたが、その顔や手足は黒い靄《もや》で覆われていた。爛々《らんらん》と光る赤い目以外判然とせず、背中には禍々《まがまが》しい羽根が、頭部からは湾曲した角が生えていた。

魔王は闇魔法によって野獣を錯乱させ、テリトリー外の人間までも襲わせた。人間の命を奪い、ネスティニア王国を我がものとするために。

操られた野獣は「魔獣」と呼ばれ、魔王城を厳重に警備していた。仮に魔王のもとへたどり着いたとしても、闇魔法によってすべての攻撃は無効化されてしまう。

その唯一の対抗策が、勇者だけが使える光魔法だった。すべての闇を晴らす光魔法は、魔王を弱体化させることができるのだ。

光魔法の適合者として召喚された透弥は、アーロンを含む三人の冒険者、それに一匹の精霊を仲間に加えて魔王城を目指した。苛烈な戦いの末に魔王の討伐に成功し、ネスティニア王国には平和が戻った……はずだった。

「つまり、二十六年前に倒した魔王が、復活している形跡がある……ということですか？」

連れてこられた王城の一室で、透弥はコの字型に配置された長机に着き、真剣な面持ちで聞き返した。厳格な雰囲気の国王が重々しく頷《うなず》く。前回の召喚時は若々しい王太子であったが、五十歳を超えた今では随分と貫禄《かんろく》が出て、父のあとを継ぎネスティニア王国を統治している。

アーロンやギルバート、それに国政を担う大臣たちも、一様に固い表情を浮かべていた。

「この二十六年間目にしていなかった魔獣が、再び姿を現すようになったのだ。闇魔法に操られた野獣の周囲に黒い靄が漂うことは、トウヤも分かっているであろう」

「でも、前回のように魔王の声が聞こえたわけではないんですよね？」

魔王がネスティニア王国に降り立った際は、すべての国民へ支配宣言が行われたと聞く。『愚かで哀れな人間ども、この王国は今この瞬間から我がものになったのだ』と。その声は人々の頭に直接響き、誰もが恐怖に震え上がったという。

「そのとおりだ。調査隊の報告では、魔王城も依然倒壊したままだとある。だが一方で、魔王らしき姿を見たという証言も出始めているのだ」

魔王が復活した説も、復活していない説も証明しきれないというわけだ。魔獣が出現している以上悠長にはしていられないと、透弥を再召喚するに至ったらしい。光魔法を使える伝説の勇者はこの世界におらず、異世界からしか召喚できないのだ。

（気持ちは分かるけど、とりあえず勇者を呼んでおけ、みたいな安心材料にされるのは考えものだよなあ……）

靴は貸してもらえたが、透弥はいまだシャツにネクタイ、スラックスという格好だ。仕事を残してきてしまったし、日々の生活だってある。せめて魔王が再来した確証を得てから召喚してほしかった。

とはいえ、彼らは魔王に再び支配される恐怖から、藁《わら》をもつかむ思いで透弥を呼び寄せたのだろう。そう考えると文句なんて言えるわけがなかった。もやもやした思いをぐっと飲み込み、透弥はやわらかな笑みを見せる。

「承知しました。魔獣や魔王の目撃証言があった場所を探りつつ、魔王城を目指してみます。十代の頃より体力の衰えはあるし、どこまでお役に立てるか分かりませんが」

「さすがトウヤだな！　話が早い」

アーロンがすかさず賞賛の声をあげた。その隣に座るギルバートがちらりと透弥に視線を寄越す。物言いたげな表情に見えたが、透弥と目が合うとすぐに顔を背けてしまった。

「魔王城までの旅には護衛としてギルバートをつける。あとはギルバートと同じ騎士団所属のクリフ・ベックリー、白魔導師のライナスも同行させる予定だ。前回一緒に旅をした面々は、引退してそれぞれ故郷に戻っちまってるからな」

「……？　アーロンは？　前回みたいに一緒に冒険はしないの？」

　アーロンは当時、王国随一と評される剣士だった。透弥が日本に帰還したあと、騎士団に加入したのも、秀でた剣術の腕を見込まれてスカウトされたのだと先ほど聞いたばかりだ。今回も当然のように、アーロンが仲間になってくれるものだと思っていた。

　前のめりになって尋ねる透弥に、アーロンは苦笑を漏らした。左目を覆う眼帯を指差す。

「二十六年前の魔王との戦いで、目に毒を浴びたのを覚えてるか？　神官の祈りで回復したと思ったんだが、そう簡単に解決できるものじゃなかったらしくてな。長い年月をかけて少しずつ視力に影響が出て、今じゃほとんど見えてない。五年前からは前線を退き、剣術の指南役に徹してんだ」

「そうだったんだ……」

　結婚、左目の失明、剣士の引退。思い出の中ではなに一つ変わらなかったアーロンにも、実際は多くの変化があったのだ。しんみりする透弥をアーロンは明るく笑い飛ばす。

「ま、心配する必要はねえよ！　身内自慢みたいで恥ずかしいが、ギルバートの剣術の腕だって俺に劣らないからよ。そうでしょう、国王陛下？」

「ああ。ギルバート・クロムウェルは騎士団でも指折りの精鋭だ。トウヤとともに魔王討伐を果たしたネスティニアの英雄・アーロンの子息なのだから、父から引き継いだ知識と剣術を活かし、大いに活躍してくれるだろう」

　気安く声をかけるアーロンに、国王も穏やかに答える。他の追随を許さない戦闘力と、気さくで情に厚い兄貴分な性格のおかげで、アーロンは昔から多くの人に慕われていた。二十六年前の魔王討伐を機に、アーロンと国王の間で、主従関係を超えた友情が育まれたことが想像できる。

（本当に、僕が知らないうちにいろんな変化があったんだ）

　胸の内に微《かす》かな疎外感が芽生え、透弥はひっそりと苦笑を漏らした。おもむろに室内を見回すと、むっつりと黙り込むギルバートが目に留まる。国王に太鼓判を押されているのに、彼は謙遜する様子もなければ、やる気を漲《みなぎ》らせている様子もなかった。

　唇を結ぶギルバートに、他の席に着いた数名の騎士たちが目配せをした。なにか含みのある表情だ。

「伝説の勇者、トウヤよ。ネスティニア王国の平和のために、今回もそなたの聖なる力を存分に発揮してほしい。期待しているぞ」

　国王の言葉によって会議が締めくくられ、参加していた人々が部屋を立ち去る。ギルバートが腰を上げたので、透弥も慌てて彼の前に移動した。握手を求め右手を差し出す。

「ギルバートくんだよね？　さっきは助けてくれてありがとう。前回の召喚では君のお父さんにお世話になったんだけど、今回はギルバートくんに助けてもらうことになりそうだ。迷惑をかけると思うけど、どうぞよろしくお願いします」

初めての召喚の際は、不安と困惑でいっぱいになり、仲間とコミュニケーションを取るのに苦労した。けれどネスティニア王国にやってくるのは二度目であり、なおかつ今回は社会人としての経験を積んでいる。初手でつまずくような真似《まね》はしないと、透弥は明るい笑顔を見せた。

けれど透弥の手をじっと見つめたギルバートは、露骨に顔を歪めた。

「俺に敬称は必要ない。ご立派な勇者様なんだろ？　せいぜいその名に恥じぬ働きをすることだな」

刺々《とげとげ》しい口調で言い放ち、透弥の隣を通り過ぎていく。アーロンが「おい、ギルバート！」と焦って引き留めるが、振り向く素振りすら見せなかった。会議中と同様、参加していた騎士たちがギルバートに目を向け、なにかを囁《ささや》き合っている。

「すまん。育て方が悪かったのか、いい年をしてどうにも反抗的で……」

呆気《あっけ》に取られる透弥に、アーロンは後頭部を掻きつつ溜め息をついた。取られることのなかった手をすごすごと引っ込め、透弥は首を横に振る。

「いいんだ。最初から馴れ馴れしくしすぎたのかもしれないし。旅の中で少しずつ距離を詰めていくことにするよ」

「そうしてくれると助かる。剣士としての実力は確かなんだ。どうかあいつに活躍の機会を与えてやってくれ」

騎士団の精鋭なのだから、いくらでも活躍の機会はあったのではないか。アーロンの発言に引っかかりを覚えたが、親心というものだろうと考え深くは追求しなかった。

とはいえ、ギルバートの態度に不安がないわけではない。前回の旅では、コミュニケーション能力が高いアーロンがパーティの潤滑油となってくれたが、そのアーロンは不参加なのだ。

（僕にパーティをまとめることなんてできるのかな。せめて他の二人は人当たりがいいと助かるんだけど……）

悶々《もんもん》とした思いが顔に出ないよう注意しつつ、透弥はアーロンとともに部屋をあとにした。アーロンが廊下に待機していた侍従長に声をかける。前回の召喚と同様に、王都にいる間は王城内の客室を使うよう国王から指示があったのだ。

透弥を部屋に案内するようにと侍従長に告げたのち、アーロンがにかっと白い歯を覗かせて笑う。

「俺は騎士団本部の寮で暮らしてんだ。王城からも近いから気軽に遊びにきてくれよ」

「騎士団の指南役なんだろ？　そんな軽い気持ちで声をかけられないよ」

「なんだよ、つれねえなあ。昔はいっつも俺の後ろをついて回ってたってのに、再会したトウヤはすっかり物分かりのいい大人になっちまって」

頭の後ろで手を組み、アーロンは露骨に残念そうな顔をした。その発言にギクリとする。

「もう二十六歳だって言っただろ。そりゃ物分かりだってよくなるよ」

胸のざわめきを笑顔で誤魔化し、茶化した調子で肩を竦めた。アーロンも「確かにそうだな」と笑う。気心の知れた相手との軽やかなやりとりに、わだかまっていた思いが晴れていくのを感じた。

（十年前も、こうして気さくに話しかけてくれたよな）

突然召喚された異世界で、「王国を救う勇者」などと大層な肩書きを背負わされ、透弥は重責に押しつぶされそうだった。そんな中でアーロンはなにかと気にかけてくれ、不安に駆られる透弥を「なんとかなるって！」と明るく笑い飛ばした。

楽天的で、お調子者で、けれどここぞというときは王国随一の剣術の腕を存分に振るい、パーティを引っ張っていたアーロン。そんな彼から息子を託されたら、どんなに前途多難でも応じないわけにはいかない。透弥にとって彼は特別な人だから。

（結婚に、子供かあ……。なんだか複雑な気持ちだな。今も昔も、アーロンとどうにかなりたいとは思ったこともなかったけど）

密かに苦笑しながら、透弥は侍従長とともに長い廊下を歩いていく。そうだ、なにを期待したわけではない。ただ長い間ずっと、彼との思い出を宝物にしてきたから、記憶の中のアーロンと現在のアーロンのギャップに戸惑っている。

大学の入学式に撮った写真の中で、透弥は輝くような笑顔を見せていた。ネスティニア王国から帰還して三年ほどの間は、以前の内気な性格は鳴りを潜め、なにごとにも積極的な自分でいられた。たとえ一時的にでも透弥が変われたのは、アーロンと出会えたおかげなのだ。

透弥にとってアーロンは初恋の相手だった。その事実に気づいたのは現代日本に戻ったあとだったため、彼に想《おも》いを伝えることはなかった。ただ綺麗《きれい》な思い出として、今もなお透弥の中に残っている。

アーロンへの恋を自覚したことをきっかけに、透弥は同性愛者だと自覚したのだ。

一緒に旅をする仲間四人が揃《そろ》ったのは、出発当日の朝だった。召喚されてからすでに一週間が経過している。騎士団が公務で忙しいのに加え、白魔導師のライナスも直前まで別件の任務をこなしていたため、「僕のことは気にせず任務に向かって大丈夫なので」と遠慮するうちに先延ばしになっていた。数え切れないほどの縦長窓が並ぶ王城は、明るいベージュの石造りで、華やかでありながら重厚な趣があった。その正面に広がる庭園に集まった面々は、それぞれ冒険に適した格好をしていた。

ギルバートとクリフは、銀色の地に金色の紋様が描かれた金属製の防具をまとい、アシンメトリーのマントと腰巻きを身に着けている。クリフの得物は槍《やり》らしい。

透弥は前回と同様、弓使いとしての装備を揃えてもらった。繊細な装飾が施された金色の長弓は、矢に魔法を込めて攻撃する魔弓だ。

左側にのみ装着した肩当てと、チェストガードは金属製。弦から腕や指を守るアームガードや、タブつきの手袋は革製だった。体に沿うデザインのジャケットやパンツは、外敵から身を隠すべく緑や茶色といったアースカラーを基調にしている。

予想外だったのはライナスだ。男性名にもかかわらず、ライナスは淡いピンク色の髪を腰まで伸ばし、膝丈のワンピースを着ていた。アイボリーのローブを羽織り、円形のオブジェがついた華奢《きゃしゃ》な杖《つえ》を携える姿は、どう見ても二十歳前後の女性だ。それも相当美人の。

「ええっと……、白魔導師のライナスは君であってる？」

「ララって呼んでくれる？　その名前、可愛《かわい》くなくて好きじゃないの」

首を傾《かし》げる透弥に、ライナス……ララは長い髪を手でなびかせながら告げた。声も中性的な高さだが、ローブの襟元からは喉仏が確認できる。どうやら女装男子らしい。

「ライナスは優れた回復魔法の使い手で、どんな怪我でもたちどころに治してしまうんです。あらゆる冒険者がこぞってパーティに加えたがる逸材ですよ」

「ララって呼べって言ってるでしょ」

にこにこした顔で解説するクリフを、ララが鋭い視線で射貫《いぬ》いた。

赤みの強い茶髪とそばかすが特徴のクリフは、大型犬を連想させるおっとりした雰囲気の青年だ。勇者の護衛を任命されたギルバートが、補佐役として指名したらしい。年齢はギルバートより一つ上の二十五歳だが、優秀な騎士である彼に憧れを抱いているのが見て取れる。

「ライナスだけじゃなく、ギルバートも騎士団の中では群を抜く実力を持った剣士なんです！　こんな贅沢《ぜいたく》な顔ぶれで旅ができるなんて、それだけでこの上ない名誉です！」

「いやだから、ララって呼べって言ってんだろ。わざとか？」

興奮気味に語るクリフの横で、ララの声が一段と低くなる。「まあまあ」と宥《なだ》めながら、透弥は一人輪から外れているギルバートに目を向けた。彼は長剣の柄《つか》に手を置き、手持ち無沙汰な様子で遠くを眺めている。自分の名前が話題に出ても、会話に加わろうとする気配はない。

（僕が最年長なんだし、年上らしく仲間をまとめなきゃだよな）

緊張を悟られないよう笑顔で隠し、透弥は「よし」と胸の内で意気込んだ。

「ギルバートのことも色々教えてほしいな。前回召喚されたときはアーロンに名字はなかったはずだけど、今はクロムウェルって名字ができたんだよね？　男爵の称号が与えられてからだって聞いたよ。クリフは子爵家のご子息なんだっけ？」

ネスティニア王国で姓を持つのは貴族のみだ。アーロンは平民の剣士だったが、魔王討伐の功績が讃《たた》えられ、爵位を得たと聞いた。一人息子であるギルバートにとっても誇らしい話だろう。

そう思ったのに、姓について触れられた途端、ギルバートの顔がみるみるうちに歪む。

「だからなんだってんだよ。偉大なる勇者様は爵位持ちかそうじゃないかで態度を変えるのか？」

「えっ？　いや、僕の祖国では身分に関係なく名字があるから、新鮮だなって思っただけで……」

「そもそも男爵なんてものは一代限りの爵位なんだ。親父《おやじ》が亡くなれば、俺はまた名字なしの平民に戻る。そんな一時的な名字を、自分の名前だなんて思ったことはない」

「あ、えっと、そうなんだ……」

たじろぐ透弥に、ギルバートは忌々しげに舌打ちをして背中を向けた。透弥たちを残し、城下町へと続く跳ね橋に向かって歩いていく。

「ま、待って、ギルバート！」

「先に腹ごしらえをしてくる。のんびり自己紹介でもなんでもしてから来いよ」

「じゃあ僕たちも一緒に……」

「俺は国王陛下の命令に従ってるだけだ。あんたらと馴れ合う気なんてない」

取りつく島もなく、ギルバートは足早に王城前を去っていった。途方に暮れる透弥の横で、ララが「なにあれ」と眉を顰《ひそ》める。

「呆《あき》れた。英雄の息子は父親とは正反対の身勝手さだと聞いてたけど、噂《うわさ》どおりね」

「え？」

「ライナス、その話は……」

「ラ、ラ、だっつの。いいでしょ、本当のことなんだから。協調性がなくて礼儀知らずで、騎士団の鼻つまみ者だって聞いたわよ。いくら剣の腕が立つからって、あんな態度じゃ反感を買って当然だわ。勇者の護衛って名目で、本当は体《てい》よく騎士団から追い出されただけなんじゃないの？」

思いがけない話に透弥は戸惑った。しかし会議の場で騎士たちがギルバートに非難めいた眼差《まなざ》しを向けていたのも、ララが語った背景があるなら腑《ふ》に落ちる。

（なんていうか……濃いメンバーだ）

仲間と打ち解ける気がないギルバートと、我の強そうなララ、人はよさそうだが順応性に難ありなクリフ。彼らをまとめて無事魔王城までたどり着けるだろうか。胸の奥に渦巻いていた不安がより色濃くなる。

（本当に、アーロンなしで旅を完遂できるのかな……）

自信なんてものはこれっぽっちもないが、勇者としての立場を考えれば弱音を吐くことなどできなかった。きっと大丈夫、なんとかなる。そう自分に言い聞かせて、透弥は「ひとまずギルバートと合流しようか」と二人を促した。

二十六年前、魔王城はネスティニア王国の北にある「最果ての森」に建っていた。魔王を討伐した際、闇の力で建てられた城は力の源を失って崩壊し、現在も廃墟になっていると聞く。最果ての森には野獣が多く住むため、足を踏み入れる者が少なく、正確な証言は得られていないらしいが。

通常であれば、最果ての森の入り口までは一週間程度でたどり着ける。しかしそれは各地に点在する魔法陣と馬車での移動を組み合わせた場合の話だ。今回は魔獣の出没情報の調査も兼ねるため、基本的に徒歩移動になる。到着まで二ヵ月は要するだろう、という見込みだった。

王都を出発した透弥たちは、山の調査をしつつ丸一週間かけて隣の街に移動した。そこで一泊したのち、今は北を目指して次の森に突入していた。

春の森には木漏れ日が差し、木々の間から覗く青空が爽やかな気持ちにさせてくれた。青々と繁《しげ》る緑の香りも心を落ち着けてくれる。

「魔獣どころか野獣も滅多に出てこないわね。時々スライムやアルミラージが横切るくらい」

「まだ王都からそれほど離れていないですから。こんな場所を魔獣がうろついていたとしたら大問題ですよ」

目の前を歩くララとクリフが和やかな会話を交わす。スライムは半透明のゲル状の野獣、アルミラージは角を生やしたウサギの野獣だ。どちらも小型で、遭遇しても野獣のほうが逃げ出していく。冒険に繰り出したというより、ハイキングでも行っている気分だった。……とある問題を除けば。

「この調子なら昼近くには次の町に着きそうですが、どうします？　森の中で一度休憩しておきますか？」

　振り返ったクリフの顔に疲れは見えない。大した戦闘もしていないので、体力が余っているのだろう。冒険の経験を積んでいるララも同様だ。後ろで殿《しんがり》を務めているギルバートも黙々と進んでいる。

　しかし透弥はというと、街を出発して二時間ですでに限界を迎えつつあった。

（運動不足の会社員に、野山を一日中歩き続ける生活はつらすぎる……！）

　十六歳のときの冒険では、野宿だとしても問題なく眠れたし、一晩休めば体力も回復した。だが今や二十代後半のデスクワーカーだ。平日は朝から夕方まで椅子に座っていたうえ、太りにくい体質にあぐらをかき、体を動かす習慣もない。

　布団の上じゃないとなかなか寝つけないし、ようやく宿にたどり着いても、一泊しただけでは蓄積した疲れは取れなかった。金色の長弓や、腰から下げた矢筒の重さもじわじわと体力を削《そ》ぐ。だからといって、自分の都合で休憩を増やしてもらうのも憚《はばか》られた。

（山歩き以上に、戦闘は十年のブランクがあるんだ。感覚を取り戻すまでは、どうやったってギルバートとクリフをメインに闘ってもらうことになる。大したことない敵に怪我を負わされて、ララに治癒魔法をかけてもらう可能性だってあるだろうし……）

迷惑をかけることが想像に容易《たやす》いからこそ、戦闘以外では極力彼らの進行の妨げになりたくない。

「いや、平気だよ。このまま町に向かおうか」

透弥は笑顔で首を横に振った。足の裏がじんじん痛むことなどおくびにも出さない。

あと二時間頑張《がんば》れば町で休憩できる。あと二時間頑張れば……。そうやって胸の内で繰り返しながら歩いていたが、疲れで集中力を欠いたせいか、地面を這《は》う蔓《つた》に足を取られてしまった。体がぐらりと前方に傾く。

（まずい……っ！）

慌てる透弥の腰に、長い腕が回される。よろける体をつかまえてくれたのは、後ろにいたギルバートだった。矢筒がガチャリと音を立て、ララとクリフが振り返る。

「ちょっと、大丈夫？」

「う、うん。ごめん、足元を見てなかった。ありがとう、ギルバート」

顔の前で手を振ってから、透弥はいまだ腰を抱いている男を見上げた。

もう平気だと表したつもりだが、ギルバートは唇を引き結んだまま透弥を観察している。裏側にある思考を炙《あぶ》り出すような眼差しに透弥はたじろいだ。顔の近さにもどぎまぎする。親子ということもあり、真剣な面持ちは魔獣と対峙《たいじ》した際のアーロンを彷彿《ほうふつ》とさせた。

猛禽類を思わせるギルバートの目が、ふいにララへ向けられた。

「ここらで休憩だ。次の町に着いたら宿を取って午後は完全に自由行動、今夜はそこで一泊するぞ」

「はあぁ!?　なんであんたが決めんのよ！」

　憤慨するララにもギルバートは眉一つ動かさない。決定事項だとばかりに「三十分後に集合な」と告げ、一人道を外れてしまう。

「なんなのよあいつ！　決定権があるのは勇者であるトウヤのはずでしょ。それなのにトウヤの意見を無視して、おまけに昨日の今日で宿に泊まるですって!?　随分体力がない騎士様ね！」

「そんなことはないはずですが……ギルバートは騎士団の過酷な演習のあとも、息一つ乱さないことで有名ですし」

「じゃあ一体なんだってのよ！　クソッ、親が有名だからって粋がってんじゃねえぞ！」

　残されたララは愛らしい顔を真っ赤にして怒り狂っているし、クリフはギルバートを追いかけるべきかララを宥めるべきか悩み、おろおろしている。透弥だけがギルバートが消えた方向を見つめ、ぽかんとしていた。

（もしかして、僕が疲れてるのを察して休憩を取らせてくれた、とか？）

　少なくとも、ギルバートが四人での冒険を楽しんでいるようには見えなかった。不必要に旅を長引かせる理由はないだろう。とはいえ、本人がいない以上真偽を確かめることもできない。

　自分への気遣いなのか、ギルバートの気まぐれなのか分からないまま、透弥は木の下に腰を下ろした。どちらにしろ、痛む足を休められることに変わりはない。ギルバートの提案をありがたく思い、透弥はほっと息を漏らした。

休憩を終えて町に到着した一行は、食堂で昼食を取った。といっても、ギルバートは席を外したので、残された三人での食事となったが。

「清々するわ。あいつの顔を見ながら食事なんて、せっかくのご飯がまずくなっちゃうもの」

時間を置いてもなおララの怒りは収まっていないらしい。言葉とは裏腹に、ギルバートの単独行動に苛立《いらだ》ちを募らせているのが分かる。

（強引にでもギルバートを同席させたほうがよかったかな？　でもなあ、無理強いしてギルバートの不興を買うのも避けたいところだし……）

年上らしく仲間をまとめようと決心したはずが、すでに暗雲が立ち込めていた。やはりアーロンなしでの旅など難しいのではないか、と弱気な考えが脳裏を巡る。

食堂は宿屋を兼ねていたので、そのまま宿泊させてもらうことにした。ギルバートが決めたとおり、午後はそれぞれ自由行動となった。「今日のうちに次の山の調査も始めたかったのに」とララは不満げだったが、透弥は痛む足でこれ以上山道を歩く自信がなかったため安堵《あんど》する。

ララは町を散策、クリフは山の入り口まで行ってみるとのことで、透弥は一人宿で休むことにした。ギルバートと一度合流したあと、今夜の宿について伝えたが、彼もまた宛がわれた客室へと早々に引っ込んでしまった。

「どうしたもんかなあ」

旅の中で距離を詰めていく、などとアーロンに言ったくせに、ギルバートとまともにコミュニケーションが取れていないことに焦りを覚える。悩みつつも、せっかく午後いっぱい時間があるのだからと、透弥は洗濯をすることにした。

白魔導師であるララの祈りによって生み出される聖水は、泥や汗といった単純な汚れを落とす他、魔獣による穢《けが》れを祓う効果もある。魔王城に近づくにつれて使用頻度が上がることを考えると、洗剤代わりに安易に聖水を使用するのは控えたい。

食堂兼宿屋の女将《おかみ》を見つけると、透弥は洗濯用のたらいを貸してもらえないか尋ねた。

「いいよ。でも少し物干し場の場所を残しておいてもらえるかい？　天気がいいうちに寝台の敷き布を洗っておきたくてね」

「もしよかったら一緒に洗いますよ。何枚洗っても手間は変わらないですし」

「あら、いいのかい？　助かるよ」

五十歳前後といった年頃の女将は、気っぷがよく溌剌としていた。宿の裏手に移動すると、大きなたらいに水を注いで洗濯物を入れ、石鹸《せっけん》を泡立ててじゃぶじゃぶと洗う。水を切ったあとは、ロープを張った物干し場で、やってきた女将と世間話をしながら一緒に干していく。

「店を手伝ってくれていた使用人が、結婚して故郷に戻っちまってね。旦那は猟や魚釣りはできるんだが、お客さんの世話はさっぱりさ。あんたは随分手慣れてるね？」

「一応、生活に必要なことは一通り自分でやるようにしているので」

「えらいねえ。一緒に宿泊してるのは騎士様と白魔導師様だろう？　お仕えして長いのかい？」

「ええっと……結構最近ですね」

あえて誤解を解かず、透弥は曖昧に頷いてみせた。騎士団は王国に仕える精鋭部隊だ。彼らが護衛につくような人物に洗濯を手伝わせたと知れば、女将はきっと青ざめてしまうだろう。

女将は周囲をきょろきょろと見回してから、口許に手を添えて透弥に耳打ちする。

「あんたは親切ないい子だから、面白《おもしろ》い話を教えてあげる。実はね、伝説の勇者様がまた召喚されたって噂があるのよ。知ってるだろ？　二十六年前に魔王を討伐した勇者様」

「あ、っと……ゆ、勇者様、ですか？」

「勇者様の伝説を知らないなんて、もしかして移民かい？　ネスティニアは、他所《よそ》の世界から呼び寄せた勇者様によって救われた王国なんだよ」

そう言って、女将は意気揚々と語り出した。

魔王を討伐した勇者は、正義感が強く、情熱的で、弱い者に余さず手を差し伸べる慈悲深い人だった。ネスティニア王国を救おうとする彼の勇敢な姿に、魔王に怯《おび》えていた民も心を動かされた。その優れた先導力と、まっすぐ芯の通った言葉に、誰もが魅了された……。

あまりに脚色された勇者像に、透弥は耳まで赤く染めて身を縮こめた。国民に混乱を招かないよう、勇者の再来は一部の貴族以外には秘されているものの——とはいえ、やはり人の口に蓋はできないらしいが——そうでなくとも恥ずかしくて名乗り出る気になれない。

（実際は、ギルバートたちの使用人に間違われるくらい地味で存在感の薄い奴《やつ》だなんて、知ったらき

っと女将さんもひっくり返るだろうなあ）

苦笑を漏らしつつすべての洗濯物を干し終えた透弥は、空になったたらいを抱え、女将とともに宿への道を戻っていく。まだ日は高く、頭上には青空が広がっていた。

「他にもお手伝いできることがあればやりますよ」

咄嗟《とっさ》にそんな言葉が出たのは、使用人がいなくなって苦労している、という話を聞いたからだ。困っているのだと知ってしまえば、手助けを申し出ないわけにはいかない。宿泊費は払っているため、一宿一飯の恩を必要以上に感じなくてもいいはずだが、そうせずにはいられない性分なのだ。

「そうかい？　じゃあせっかくだから……」

「——なにをやってるんだ？」

嬉々《きき》として口を開きかけた女将の前に立ち塞がったのは、客室に閉じこもっていたはずのギルバートだった。腰に手を当て仁王立ちする姿からは、言い知れぬ迫力が漂う。

ヘーゼルカラーの鋭い双眸に射貫かれ、透弥は思わず息を呑んだ。

「あの、ちょっと洗濯を……」

「ちょっと？　ちょっとにしちゃ随分時間がかかっていたな」

大股でずいっと踏み込まれ、透弥はたじろぐ。一体いつから見られていたのだろう。

「騎士様の使用人に手伝いをさせ、申し訳ありません！　わたしが勝手に仕事を増やしただけなので、どうか彼へのお叱《しか》りはそのくらいに……」

「使用人？」

必死に透弥を庇《かば》おうとする女将に、ギルバートは眉間の皺をますます深くした。居丈高に腕を組み、目を細めて透弥を見やる。否定しなかったのか、という無言の威圧だ。

視線をさまよわせる透弥に、ギルバートは呆れ返った様子で溜め息をついた。

「使用人どころか、俺たちがこの人に仕えてるんだ。王命により護衛を担当している」

女将が下手に気負わないよう秘密にしていたのに、あっさり暴露されてしまう。透弥は堪《たま》らず額に手を当てた。案の定、女将は「えっ!?」と声を裏返らせ、眼球がこぼれ落ちそうなほど目を見開いている。

女将の顔がみるみるうちに青くなったと思ったら、直後にその場にうずくまった。地面に額を擦《こす》りつける勢いで頭を下げる。

「も、申し訳ございません！　尊い身分のお方とは知らず、大変な無礼を働いてしまいました……！」

「そんな、お気になさらないでください！　僕から申し出たわけですし、第一、それほど大層な者じゃないですから」

予想以上の反応に透弥のほうが焦った。同時に、「なぜ余計なことを言うんだ」というギルバートへの憤りが湧き上がる。使用人と勘違いされていたとしても、透弥が不当な扱いを受けたわけではないのに。

ギルバートから「もう下がっていい」と声をかけられると、女将は透弥からたらいを受け取り、逃げるように宿に引っ込んだ。不憫《ふびん》な後ろ姿に小さく息が漏れる。

「俺に言いたいことでもあるのか？」

正面からかけられた声には棘《とげ》があった。透弥はギクリと肩を跳ねさせ、ギルバートを恐る恐る見上げた。彼の鋭い目を前にすると、渦を巻いていたはずの不満が急激にしぼんでいく。

「なんでもない。僕たちも戻ろうか」

にこやかな表情で取り繕い、急いでギルバートの隣を通り過ぎようとした。けれど横から伸びてきた手に肩をつかまれてしまう。

強引に振り返らされた先で、ギルバートはひどく顔を顰めていた。不愉快な気持ちを隠そうともしない。一体なにがそんなに気に食わないのか。

「あんたはどうしてそんなに本音を呑み込んでばかりなんだ」

はっきりと言い当てられ、透弥は咄嗟に言葉が出てこなかった。

「召喚されたときからずっとそうだ。なにか言いたそうにしているのに、自分の意見をまったく口にしようとしない。今日だってそうだろ？　疲れが溜まっているのに、平気だと言って誤魔化していた」

「ぼ……僕の体力がないせいで、旅の進行を遅らせたのは申し訳なく思ってる」

やはりギルバートは、透弥が疲労を募らせていることを察していたらしい。透弥は決まりの悪さから視線を落とすが、すぐに「そうじゃない」と否定された。

「あんたは元いた世界でも冒険をしていたわけではないんだろ？　慣れない地で慣れないことをさせ

られれば、疲れるのも無理はない。騎士や手《て》練《だ》れの冒険者と同じ調子で歩き続ければ、足の痛みだって出る。俺が腹を立てているのは、休みたいならそう言えばいいのに、自分さえ我慢すればなんとかなると考えてることだ」

手厳しい物言いではあるが、ギルバートの指摘は正しかった。透弥の事情を汲《く》み、ペースを合わせようとする懐の広さもある。てっきり「勇者のくせに情けない」と切り捨てられるかと思っていたが。

（それに、僕が本心を隠していることも見破られた）

会社員として働いているときも、ネスティニア王国に再召喚されてからも、透弥が笑顔の裏に隠した感情を察せられる人はいなかった。幼少期からあまり自己主張をしてこなかったうえ、大人になってからは取り繕い方にも磨きがかかっていたから。

しかしギルバートは、透弥と出会ってからの短い期間で、口に出せない本音を溜め込んでいることに気づいた。身勝手な騎士などと噂されているそうだが、彼は思っていたよりもずっと心の機微に敏感に見えた。

ギルバートの印象が少しばかり和らいだのも束《つか》の間《ま》、彼は険しい表情で再び口を開く。

「そのうえあんたを休憩させるために宿を取ったのに、休みもせずまた他人に気を回して働いてやがる。これじゃあ旅を再開しても同じことの繰り返しだろ」

先ほどよりも強くなった語気に不穏な気配を感じた。

「宿屋の女将からも聞いただろうがな。あんたが帰還してから生まれた子供は、勇者がいかに素晴らしい英雄だったかを教えられて育ってきた。ところがもう一度やってきた奴はどうだ？　へらへら笑って周りに流されるばかりの、意見の一つも言えないような男が伝説の勇者だって？」

苛立ちを一気に爆発させるような攻撃的な物言いに、透弥は冷や水を浴びせられた気持ちになる。当たり障りのない態度で他人に接してきたので、明確な悪意を向けられる経験も久しくしていなかった。反論できずにいる透弥に、ギルバートはますます怒りを加速させる。

「はっきり言ってがっかりした。目的を果たすまではあんたを護衛してやるが、仲間だなんて思ってないから、あんたも俺に対して余計な気を回さなくていい」

熱がこもった口調で吐き捨て、ギルバートはマントを翻した。力強く地面を踏みしめ、宿に向かって大股で歩いていく。残された透弥は、その背中を呆然《ぼうぜん》と見送ることしかできなかった。初恋の人と同じマントを身に着けた、彼の息子を。

（顔はよく似ているのに、性格はアーロンと正反対なんだな……）

気さくで愛嬌《あいきょう》があるアーロンと、きつい物言いで周囲に溝を作るギルバート。

つい比較してしまうのは、透弥が長い間アーロンを心の支えにしてきたためだ。彼と再会することはないだろうと思いながらも、頭の隅で、「もしそうなったら」と考えている自分がいた。

もしそうなったら……また変われるかもしれない。積極性があり、誰にでも臆せず意見を言える、自信に満ちたかつての自分に。

透弥にとってアーロンは、過去の栄光の象徴だった。叶《かな》わずに終わった淡い初恋、輝かしい青春の日々。そういった記憶に縋《すが》って生きてきたから、思い出の中にあった世界に再び降り立っても、透弥は今もなお過去の冒険にばかり思いを馳《は》せている。

透弥が三歳のときに離婚した両親は、どちらも一人息子を引き取ろうとしなかった。

母の妊娠中に父が浮気をしていたことが原因で、透弥の出産後も二人の関係は改善しなかった。すれ違いの末に家庭は冷えきり、そこから逃げるように両親はそれぞれ外に恋人を作った。子供がいると再婚の足枷《あしかせ》になると考えたのだろう。

親戚が集まった酒の席で、子供たちが寝静まったあとに親戚がそんなふうに話しているのを、手洗いに立った透弥は偶然聞いてしまった。小学校に入学して間もない頃だった。

それからというもの、透弥は無意識のうちに自分を抑え込むようになった。乱暴な振る舞いで女の子を泣かせることもなかったし、スーパーでお菓子をねだって騒ぐこともなかった。周囲の人間を決して困らせず、いい子であろうと努めた。もう誰も自分のもとを離れていかないように。

だから高校一年生の夏休み、ネスティニア王国に召喚された際、透弥が感じた重圧はかなりのものだった。周囲に合わせるばかりで、自己主張をせず生きてきた透弥にとって、自分の一挙手一投足に注目が集まることなど今までなかったのだ。

（どうしよう、うまくやれなかったら。ネスティニア王国の人たちは僕に期待しているのに、勇者としての使命を果たせなかったらきっと失望させる）

　勇者だなどと崇《あが》められる器ではないのに、彼らはまるで神託を待つように、透弥の言葉に熱心に耳を傾ける。それが透弥は恐ろしかった。自分がしくじれば魔王による被害はさらに拡大する。魔獣に襲われて多くの人が命を落とし、王国はやがて魔王の支配下に置かれる……——。

　背負うものがあまりに重すぎて、魔王城を目指す旅の間透弥は常に胃痛を抱えていた。そんな透弥を支えてくれたのが、当時十九歳だったアーロンだ。

『自分の判断が間違いかもしれないなんて気にしなくていい。トウヤが失敗しそうになったときは、俺が手を引っ張って正しい道に連れていってやるからよ』

　アーロンは自信なさげに俯《うつむ》く透弥の頭をくしゃりと撫《な》で、屈託なく笑った。それだけでなく、アーロンは透弥の意見を引き出して国王に伝えたり、ネスティニアの人々と打ち解けられるよう透弥を率先して輪に加えたりと、なにかと気にかけてくれた。

　重荷を一緒に背負ってくれる人の存在は、異世界に召喚されてから……両親の離婚以降ずっと萎縮していた透弥の心を、少しずつ、けれど確実に解放していった。

　やがて透弥は自己主張を躊躇《ためら》わなくなり、魔王討伐の話し合いでは、大臣や騎士たちの前で自分の考えを堂々と口にできるようになった。旅の仲間である斧《おの》使いの青年や回復役の神官にも、戦闘中に的確な指示を出せるようになった。

皆透弥を弟のように可愛がり、途中から仲間に加わった「真実の泉」の精霊も、透弥によく懐いてくれた。仲間との絆《きずな》が生まれるにつれ、ネスティニア王国を救いたい思いが強くなり、同時に、「いつまでもみんなと冒険をしていられたらいいのに」とも考えるようになった。

とはいえ、元いた世界には育ての親である祖父母を残している。魔王を倒し、一週間続いた祝宴が終わると、透弥は多くの人々に見送られ神殿に向かった。魔法陣を使い、現代日本に帰還するためだ。

『……また会おうな』

魔法陣の中央に立った透弥に、アーロンは寂しげな笑みをたたえて告げた。その望みが叶うことはないだろうと、本当は互いに分かっていた。

異世界から勇者を一人召喚するには、おおよそ十年の間隔が必要になるため、王国の危機でもない限り、気軽に透弥を呼び寄せることはできない。

『うん、必ず』

それでも透弥は力強く頷いた。ネスティニア王国の人々に手を振り、元いた世界に帰還する。当時から不調気味だった魔法陣が連れていったのは、召喚日時から三日後の現代日本だったが。

ひと夏の大冒険を終えた透弥は、かつての一歩引いた性格から一変した。積極的にクラスメートと距離を縮め、親しい友人も増えて、青春と呼ぶのに相応《ふさわ》しい高校生活を送ることができた。

(僕はアーロンと出会って変われたんだ)

彼に対する感謝の気持ちは清々《すがすが》しいものだった。しかしなぜか、アーロンを思い返すとやたらと感傷的になる自分もいる。あの屈託のない笑顔が脳裏に浮かぶたび、切なくて甘い痛みが込み上げてくる。

その感情を「恋」と呼ぶのではないか……と気づいたのは、日本に戻り随分経ってからだった。

そうか、あれが僕の初恋だったのか。と思ったら、単純に嬉《うれ》しかった。アーロンにはもう二度と会えない。それでも胸に湧き上がるのは、恋を失った悲しみではなく、「僕にも恋ができたんだ」という喜びだ。

これまでの人生の中で、誰かを特別に恋しく思った経験はなかった。特定の相手に入れ込むよりも、誰からも嫌われたくない気持ちのほうが強かったのだ。

(アーロンのおかげで、僕は他人の目を気にせず、自分の心に素直になることができた。これからは自分の足で一歩踏み出したい)

そんなふうに考えた透弥は、大学進学のために上京したのち、同性愛者のコミュニティに顔を出すようになった。自分の恋愛対象は男性と女性のどちらなのか、はっきりさせようと思ったのだ。

そしてできるなら、誰かと想い合える関係になりたい。アーロンに恋をしていたときのような、キラキラした時間をまた味わえたら嬉しい。

いわゆるゲイバーと呼ばれる場所に足を踏み入れたときは緊張した。けれど勇気を出したおかげで、いいなと思える人にも出会えた。自分が恋をするのはやはり男性だと悟り、その中の一人からアプローチされ、交際にも発展した。

初めての恋人に甘い言葉を囁かれるたび、透弥は満ち足りた気持ちになった。「頑張ってよかったな」と、積極的に行動した自分を誇らしく思った。

けれどそうやって行動を起こしたことにより、透弥は結局、周囲に気を遣いすぎる性格に逆戻りしてしまった。

彼との恋愛は長続きしなかった。互いの存在によって成長し合えるような、建設的な関係を築きたい。そう考えていた透弥とは対照的に、彼はただ単純に、恋愛の駆け引きを楽しみたかっただけだった。

透弥と交際し始めてもなお、恋人はこっそり出会いの場に繰り出し、他の男にちょっかいをかけていた。そのことが判明するたびにショックを受けたが、透弥はすぐに別れを選ぶことはしなかった。生真面目に話し合いの場を設け、もうこういうことはしないでほしいと真摯に訴えた。

透弥なりに、恋人と真剣に向き合おうとしたつもりの行動だった。けれど彼から返ってきたのは、謝罪の言葉などではなかった。

『鬱陶しい奴だな。透弥には関係ねえんだから、空気読んで引っ込んでろよ』

氷のような冷ややかな台詞《せりふ》と、鼻白んだような顔。交際に至るまでの、彼の熱烈な愛情表現を知っているだけに、豹変《ひょうへん》したその態度に透弥は胸を裂かれた。

それから透弥は彼に連絡を取らなくなった。彼に愛想を尽かし、見切りをつけたわけではない。余計なことをしたせいで、また傷つくような言動をされるのが怖かった。彼としてももう透弥にうんざりしていたのだろう。彼からも連絡が来ることはなく、二人の関係は呆気なく自然消滅した。

釣った魚に餌をやらないタイプの男だったのだろうと、今ならば思う。悪い相手に捕まったものだと、さっさと忘れてしまえばよかった。けれど、親しいと思っていた人から拒絶されるショックは、幼い頃に味わった恐怖心をよみがえらせた。

嫌われないように気をつけないといけない。相手に合わせ、望まれる自分でいなくては。

アーロンとの出会いによって、透弥は確かに変われた。それなのに、ちょっとした弾みで外れた蓋の間から臆病な自分が顔を出した。

悪い習慣をなかなかやめられないのと同じで、周りに流されるばかりの自分に戻るのはあっという間だった。

朝の森に満ちる空気はまだひんやりと冷たい。軽やかな鳥の声を遠くに聞きながら、透弥は金色の長弓を構えていた。

番《つが》えた矢の先にあるのは、木肌に十字の印をつけた樹木だ。距離はおおよそ三十メートル。透弥が立つ場所と的の間には数多くの木が生え、伸ばした枝葉で視界を遮る。それでも透弥はまっすぐに目標を見据え、左手でしっかりと弓を押し広げた。集中力が高まりきった瞬間に矢筈《やはず》を放す。

勢いよく飛び出した矢は、目当ての木に突き刺さった。緊張が解け、ふう、と透弥は息をつく。十字の中心に当たっているかを確認するべく、その木に向かって歩き出した。

ある程度近づいたところで、木の陰から見慣れた人物が姿を現す。透弥より先に目的の木にたどり着き、突き刺さった矢をまじまじと見ていたのはギルバートだった。

（い、いつの間に来てたんだ？）

ギクリとして、透弥は思わず足を止める。いつもより早く目を覚ました透弥は、ララがまだ眠る中、見張り役のクリフに「弓の練習をしてくる」と声をかけ、少し離れた場所へ移動した。そのときにはすでにギルバートの姿はなかった。

別の場所で身支度を整えているのだろう、と想像していたが、透弥の練習を見にくるのは予想外だった。「仲間だなんて思ってない」と突き放された日から、透弥はギルバートに対し一方的な気まずさを感じている。

声をかけていいものか迷ったが、数メートル先にいる相手を無視して回れ右をするほうがおかしい。腹をくくり、透弥はそのままギルバートと距離を詰めた。

「えっと……ちゃんと真ん中に当たってるかな？」

自然に、自然に、と自分に言い聞かせ、にこやかに声をかけた。ギルバートは十文字の中央を見つめたまま「ああ」と答え、それからゆっくりと振り返る。

「元いた世界でも弓に触れる機会があったのか？」

思いがけずギルバートから話を振られ、透弥は内心驚く。勇者らしくない透弥に幻滅した様子だったから、ろくな反応もせずさっさと立ち去る姿を想像していた。戸惑い気味に首を横に振る。

「ううん、普段は全然。十年前……この王国にとっては二十六年前に、勇者のために神が与えた伝説の魔弓だって言われて、神官に渡されたのが初だったな」

魔王による支配宣言があった直後、神殿にある魔法陣の上に、いつの間にかこの魔弓が現れたという。

王都の神殿に仕える高位の神官は、王国の危機に備え、勇者の召喚方法を代々受け継いでいる。今こそ勇者を呼び出すよう神が示したのだ……と、金色に輝く魔弓を見て神官は直感したらしい。

弓道の経験もないのに無茶だ、と最初は思った。けれどその弓は不思議と手に馴染み、実戦の中で透弥の魔弓士としての腕前はめきめきと上がっていった。自分で言うのは恥ずかしいが、勇者の適応力のようなものが働いているのかもしれない。

「不思議だよね。今回だって、元の世界に戻ってから十年も空白があるのに」

木の幹から矢を抜きながら透弥はしみじみと漏らした。ララやクリフとの顔合わせが行われるまでの間、騎士団の演習場を借りて練習をしていたが、普通はこれほど早く勘を取り戻せないだろう。

「……そうか」

ギルバートは端的に返し、ふいと視線を外した。その仕草がどういう意図を持つのか、透弥には分からなかった。矢筒に矢を戻しつつ、必死にギルバートの心境を探ろうとする。

透弥としては「奇妙な力だなあ」くらいの気持ちだが、得意になっているように聞こえただろうか。日々鍛錬を積んでいる騎士からすれば、特別な力のために短期間であっさり魔弓を使いこなせるようになるのは、やはり面白くないのかもしれない。

「で……っ、でも、実戦でも同じように射られるかといったらまた別の話だし！　ギルバートたちが戦ってる姿を見たら、やっぱり僕なんか全然だなあって思うよ」

　ぎこちない愛想笑いとともに、顔の前で慌ただしく手を振った。謙遜の意味合いが大きいが、心にもないことを言ったわけではない。

　大概の野獣はギルバートとクリフが追い払ってくれたし、それ以前に、冒険慣れした面々は「不要な戦いは回避するべきだ」という考えのもと、野獣の縄張りを極力避けてきた。再召喚されてから、透弥自身が野獣に攻撃を仕掛けたことは一度もない。予測不可能な動きをする野獣が相手では、まともに矢が当たらない可能性はおおいにある。

　しかし透弥の言葉を聞いたギルバートは、みるみるうちに眉間に皺を寄せた。露骨に顔を歪め、マントを揺らして踵《きびす》を返す。

「少し調べたい場所がある。あんたらは予定どおり、次の村を目指して森を進め。用が済んだら、追跡用の魔道具を使って追いかける」

　有無を言わさぬ調子で言い切って、ギルバートは足早に立ち去った。あっという間に森の奥に消えていく背中を、透弥は呆然と見送る。なにが気に障ったのかは分からないが、どうやらギルバートの機嫌を損ねてしまったらしい。

　はー……と溜め息をついて肩を落とす透弥の背後から、「トウヤ～！」とララの声がかけられた。

振り返ると、ララとクリフが軽い足取りで近づいてくるのが見える。

「こんな朝早くから戦闘の練習だなんて、トウヤは真面目ね。体の調子はどう？」

「今朝はすっきり目を覚ませたよ。昨日ララがかけてくれた疲労回復の魔法のおかげだね」

穏やかに微笑む透弥に、ララは「よかった」と上機嫌に口角を上げた。

「今日の分の疲労予防魔法もかけてあげるわね。これで格段に疲れにくくなるはずよ」

「ありがとう。僕の体力がないせいで、ララの手を煩わせちゃって申し訳ないな」

「なに言ってるのよ。むしろ疲れが溜まってたならもっと早く言ってほしかったわ！　仲間の体調管理も白魔導師の役割なんだから」

腰に手を当て、ぷりぷりとむくれるララに、透弥は「ごめん」と肩を竦めた。

先日、本音を呑み込んでばかりいたことをギルバートに叱責《しっせき》され、「そのとおりだな」と透弥は反省した。無理を続けたせいで大怪我をしたら、今よりもずっと彼らに迷惑をかけてしまう。そう考え、ララとクリフに、今のペースで旅を続けるのは体力的につらい……と思い切って打ち明けてみたのだ。

クリフはまだしも、ララには苦言を呈されるかと思ったが、彼は「そうだったの？　無理させちゃってたのね」と毎日の疲労回復・予防魔法の処置を申し出てくれた。

「まさかトウヤに戦いや冒険の経験がほとんどないとはね。いきなり召喚されて連日山歩きじゃ疲れるはずよ。てっきり、祖国でも名を馳せた戦士なんだと思ってたわ」

ララが手をかざすと空中に魔法陣が描かれ、そこから白魔導師の杖が出現する。ララの収納魔法が大容量なおかげで、透弥たちも最低限の武器と荷物だけを手にして快適に旅ができていた。大量の洋服と化粧道具を持ち運ぶために修業を重ねた、という理由がいかにもララらしい。

ふと、ララとの会話に引っかかりを覚え、透弥は首を傾げた。

「僕の祖国については知られていないの？　その、勇者についての伝説ってやつで」

「ネスティニア王国に来てからの活躍は事細かに語られてるけど、祖国の話は聞かないわね」

予想外の返答に透弥は目を瞬《またた》かせる。ギルバートは透弥が日本でどんな生活をしているのかも知っている様子だった。てっきり、否応《いやおう》なしに聞かされる勇者伝説の中にあるのだと思っていたが。

（ギルバートはどこでその話を聞いたんだろう）

「あれ？　ギルバートを見かけませんでした？　勇者様が弓の練習をされていると知ると、あとを追いかけていったのですが」

混乱する透弥のそばで、クリフがきょろきょろと周囲を見回した。

「調べたい場所があるから、僕たちだけで先に行くようにって……」

「またぁ!?」

それまでにこやかだったララの表情が一変する。

「噂には聞いてたけど、あいつの身勝手な単独行動はどうにかなんないわけ？　魔獣の目撃証言がない森にわざわざ寄ってみたり、魔獣以外のこともやたらと住民に話を聞きにいってみたり。意図的に旅を邪魔してるとしか思えないんだけど」

ララによると、ギルバートは騎士団でも似たようなことを繰り返していたらしい。任務終了後の帰還が一人だけ遅いことが度々あるうえ、上官から注意を受けても聞く耳を持たないという。

　そういった問題行動のせいで、ギルバートには「英雄である父の威光を借り、奔放に振る舞う放蕩《ほうとう》息子」という悪評が立っているそうなのだ。

　透弥たちとの旅が始まっても、ギルバートは理由も告げずにパーティを離れ、別行動を取ることがあった。特定の魔術を仕込んだ道具——魔道具を使って透弥たちの居場所を把握しているそうで、集合場所には時間どおり現れる。そのため、今のところ大した問題には発展していない。

　とはいえ、透弥の護衛という任務をきっちり遂行しているララにとっては面白くないだろう。ララがフラストレーションを溜めていることを察し、透弥はハラハラした。せめて単独行動の理由を教えてくれたら、不和が生じることもないのだが。

「きっと上官の目を盗んで遊びまくってるのよ。酒や賭け事、あとは女とか。顔だけはいいからね」

　腕組みをして悪態をつくララだが、透弥は「そうかな？」と内心首を傾げた。もちろん、顔がいいという意見については全面同意するが。

　自己主張できない透弥の性格に指摘を入れたギルバートは、むしろ任務に対して真面目な印象を受けた。仕事をサボって遊ぶような男なら、同行する仲間の態度をわざわざ注意したりしないだろう。

　きつい物言いにショックを受けたのは事実だ。しかし透弥は、どうしてかギルバートのことを嫌いになれなかった。彼が噂どおりの堕落した騎士であるとはとても思えない。ララとクリフに本心を打ち明けたことで、以前より旅がつらくなくなったのも、ギルバートの言葉があったからこそだ。

「なにか理由があるんだと思います」

それまでララの愚痴を聞くばかりだったクリフが、控えめな調子で口を開いた。ララが不服そうに眉を顰める。

「なにかってなによ？」

「分からないですけど、でも、ギルバートは享楽のために規律に反するような人ではないですから」

「随分ギルバートの肩を持つじゃない」

嫌味というより、純粋に驚くような反応だった。少なくともララの知る中で、素行の悪いギルバートを庇うような人はいなかったのだろう。

「私だけじゃありませんよ。ギルバートを慕う人間はたくさんいます」

クリフは静かな声音で告げると、「さあ、朝ご飯にしましょう」と話を切り上げた。なにか知っている様子だが、彼の口から語るつもりはないらしい。透弥はララと顔を見合わせたが、クリフの意思を汲み、それ以上は追求しなかった。

クリフの言葉もあり、しばらくはギルバートの行動を黙認していたが、森に入って十日が経った頃に事態が大きく動いた。

このまま道なりに半日進めば次の村に到着する、という地点まで来たところで、ギルバートが「迂《う》回《かい》しよう」と言い出したのだ。小川の岸に小ぶりな白い花が咲き乱れる、爽やかな気分で歩ける場所での出来事だった。

「迂回するって、どの道を行くんだ？」

「川を跨《また》いで反対側に回り、せせらぎが聞こえない場所まで移動してから村に向かう」

　今進んでいるのは、通行人によって何度も踏まれた道だ。草は自然と生えなくなり、地面が露出していた。対して、ギルバートが指差した場所は背丈のある草が密集している獣道だった。歩きやすさの差は一目瞭然だ。

「でも、そんなに遠回りをすると夕方までに村に着けるか分からないよ？」

「そうなったら今夜も野宿をすればいい。とにかくこのまま進むのは危険だ」

「危険ってなにがよ」

　透弥とギルバートの会話に、ララが割り込んでくる。ここに来る少し前に、「今夜は久しぶりに宿でゆっくり休めるわね！」と嬉しそうにしていたため、喜びに水を差されたのが腹立たしいのだろう。

　威圧感のある声に、ひりついた気配を感じ透弥は唇を結んだ。

「この先にコカトリスがいる可能性が高い。野宿が続いて疲れが溜まっている中で、毒性を持つ野獣との戦闘は極力避けるべきだ。体力が低下していると通常より毒が効きやすくなる」

　ギルバートが淡々と説明する中、透弥はクリフにこっそり「コカトリスってなんだっけ？」と尋ねた。クリフによると、コカトリスは上半身が鶏《とり》、下半身がトカゲの姿をした野獣らしい。石化能力を持つ種と毒性がある種に分かれていて、人間は視線が合うだけでその特性にやられてしまう。

　この森にいるのは後者のコカトリスのようだ。なるほど、と透弥は素直に納得しかけるが、手練れの冒険者であるララは「コカトリスぅ？」と眉を吊《つ》り上げた。

「毒性コカトリスが住むのはヘンルーダが咲いてる森でしょ。嘴《くちばし》を近づけただけでどんな植物も枯れちゃうコカトリスが、唯一食べられる毒消しの薬草だから。でもこの森にヘンルーダは咲いてないじゃない」

「変異種のコカトリスだ。変異すると毒性が弱くなる傾向があるため、通常種よりも食べられる植物が多い。中でもスノーフレークを好んで食べると聞く。三ヵ月以上も前からこの森で目撃情報があるから間違いない」

　ギルバートが視線を向けた先には川辺があった。そこに咲いている花がスノーフレークなのだろう。主食と水が揃っているとなれば、確かに変異したコカトリスが縄張りにしていてもおかしくない。

　それでもララは納得できない様子で、太股《ふともも》の横で拳《こぶし》を握りギルバートを睨む。

「そんなコカトリスなんて聞いたことがないわ！　第一、その目撃情報ってやつはどこで仕入れたの？　クリフは三ヵ月以内に、任務でこの森に来た記憶はある？」

　突如として話を振られ、クリフは慌てふためいた。

「いや、私が記憶する限りではなかったかと……」

「ほらね！　騎士団の任務でもないのに、どうしてこんな辺鄙《へんぴ》な場所の野獣について知ってるのよ。

どうせまた無駄に旅を長引かせて、疲れ果てるわたしたちを見て笑ってやろうって魂胆なんでしょ！」

「ララ、ちょっと落ち着こう」

正直に否定するクリフに、ララはますますヒートアップしてしまった。透弥が必死に宥めようとしても、「こんなの落ち着けないわよ！」と怒声をあげる。

「旅が始まってからというもの、英雄の子息だからって身勝手な行動で輪を乱してばっかり。てめえの我《わ》が儘《まま》に振り回されるのはもううんざりなんだよ！」

憤怒のあまり、後半は完全に男の口調になっていた。旅が始まって一ヵ月が過ぎ、ララの溜まりに溜まった鬱憤が爆発したのだろう。ギルバートがいないところで、ララが彼の文句を言うことは幾度となくあったが、本人にここまで激しく食ってかかる姿は初めて見た。

ララの物言いに、ギルバートの態度もみるみるうちに攻撃的になる。

「だったらこれ以上忠告はしない。勝手にしろ。俺は一人で迂回経路を行く」

吐き捨てるように告げ、ギルバートは小川に向かって大股で歩き出した。その後ろ姿に、ララも「もちろんそうするわよ！」と言い返し、肩を怒らせて直進する。

焦ったのは透弥とクリフだ。騎士団の同僚であるギルバートを追いかけるべきか、攻撃魔法をほとんど使えないララを追いかけるべきか、クリフは判断しかねていた。パーティの分裂がショックだったらしく、温和な印象の顔は青ざめている。

「クリフはララを追いかけて。僕はギルバートを追いかける。このパーティの中で攻撃に長《た》けてるのはギルバートとクリフなのに、戦闘に不慣れな僕と回復役のララで組んだら、野獣が出てきたときに対応できない」

咄嗟に透弥が指示を出すと、クリフは少しばかり冷静さを取り戻した様子で、「わ、分かりました」と頷いた。それぞれ目当ての人物に向かって駆け出す。

「待ってくれよ、ギルバート！」

透弥よりも十センチ以上背が高いギルバートは、長い脚を活かしどんどん先に進んでしまう。小川を飛び越え、鬱蒼《うっそう》と生い繁る長い草に足を取られながら、ようやく隣に並ぶ頃には息が切れていた。

「もど、ろう……っはあ、……ララたちがコカトリスに襲われたら大変だ」

必死に呼吸を整えながら、透弥はなんとかギルバートの歩調に合わせた。けれどギルバートは前を向いたまま、透弥に視線すら寄越さない。

「一人で戻ればいい。コカトリスなんか出ないんだろ？」

「僕はそんなふうに思ってない。ギルバートの話には説得力があったから」

宥めるための方便ではなく、本心だった。旅のメンバーを悪戯《いたずら》に攪乱《かくらん》するような非合理な言動を、ギルバートがするとは思えなかった。

けれどどれだけ熱心に訴えても、ギルバートは見えない壁を作り続けていた。

「そうやって顔色をうかがって、相手に合わせた対応をするんだろ？　下手に出て、『自分は味方だ、あなたを信じてる』って諭して懐柔する。そんなふうに波風が立たないように生きてきたんだろ」

宿屋で叱責されたときのような強い口調ではなかった。それでもギルバートの投げやりな言葉は、透弥の胸をぐさりと刺した。今までの生き方を見透かされた気がした。

意図的に懐柔する……なんて器用な真似はできない。けれど今までの人生で透弥は確かに、揉めている人がいたら、両者に対し曖昧な返答をしていた。どちらの味方とも取れない態度は、彼らの目には八方美人として映っただろう。

自分の意見を持たず、周囲に流されるばかりだったツケが、今になって回ってきたのだと思った。ギルバートの忠告に従うべきだと思ったのは本当なのに、彼を信じるという透弥の意思を、ギルバートに信頼してもらえない。

もどかしさと自己嫌悪の念で、透弥はぐっと奥歯を噛《か》みしめた。ギルバートは透弥を横目でちらりと見て、なにか考えるように唇を引き結ぶ。

「……別にあんただけじゃないから、気にしなくていい」

「え？」

「誰も俺の話なんか信じない。あの白魔導師から俺の悪評を聞いただろ？　騎士団の中でも、王都を歩いても、俺は英雄の名を汚すろくでなしって評判だ。信じられなくて当然なんだから、そこまで責任を感じる必要はない」

静かな調子の言葉には、沼の底を思わせる冷ややかさがあった。ギルバートの横顔から険しさがなくなり、代わりにすべてを諦めたような暗さが滲《にじ》む。

手厳しい指摘を受けたときより、彼のやるせない表情を見た今のほうがずっと胸がざわめいた。透弥は咄嗟に大きくかぶりを振る。

「違う。ギルバートの噂話を聞いたからって、最初から疑ってかかるような真似はしない」

「いいって言ってんだろ、そういうの」

「なあ、足を止めて話をさせてくれないか。僕はギルバートの話をちゃんと聞きたい」

「だから、俺なんかに気を遣ったところで、あんたに利点はなに一つないって言ってるんだ」

透弥がいくら言葉を重ねたところで、ギルバートは聞く耳を持ってはくれなかった。自分に本気で寄り添おうとする人間がいるなんて、微塵《みじん》も考えていないのだろう。

透弥の本心を見抜き、躊躇うことなく注意してくる彼は、真面目かつ聡明《そうめい》に見えた。けれど捨て鉢のようになっている姿はまるで子供だ。そのぞんざいな態度にカチンときた。

「不貞腐《ふてくさ》れるのもいい加減にしろよ！」

透弥は防具に覆われた肩をつかむと、強引にギルバートの体を自分に向けた。緑と茶が入り交じった双眸が驚きに見開かれる。

「今までギルバートがどれほど嫌な思いをしてきたかは知らない。意見を聞いてもらえない悔しさを感じてきたかも知らない。だからってそうやって最初から他人を拒んでたら、受け入れようとする人の存在さえ気づけないままだろ！」

胸の中で湧き上がった憤りが、そのまま口をついて出てくる。ララと対峙したときのように噛みつかれるかと思ったが、ギルバートは啞然と立ち尽くすばかりだった。透弥が怒る姿など想像もしていなかったらしい。

　そこまで考えたところで、透弥は己の失態を悟った。サーッと血の気が引いたかと思うと、次の瞬間には焦りと羞恥で全身が熱くなる。勇者として召喚されたにもかかわらず、今のところお荷物にしかなっていないくせに、えらそうに説教を垂れるなんておこがましいにもほどがある。

「いや、その……ぼ、僕が言いたかったのは……」

　赤くなったり青くなったりしながら、透弥は必死に弁明しようとした。それと同時に、遠くから微かな悲鳴が聞こえた。二人の間に緊張が走る。

「白魔導師の声だ。行くぞ、トウヤ！」

　透弥の目をまっすぐに見て、ギルバートは元来た道を駆けていった。透弥の記憶が正しければ、彼に名前を呼ばれたのはこれが初めてだ。ギルバートに置いていかれないよう、透弥も必死に走った。

　やがてたどり着いたのは、ララたちと別れた地点から、村に向かって直進したところだった。危険だから避けるべきだとギルバートが忠告した場所。

　透弥たちに体の側面を向けて立っているのは、鶏の上半身にトカゲの下半身――クリフの説明どおりの姿をしたコカトリスだった。全長でいえば馬くらいの大きさだろうか。

　ギルバートに促され、二人で木の陰に身を潜める。クリフたちを狙うコカトリスは、透弥たちにはまだ気づいていなかった。

「例の変異種コカトリスだ。通常種に比べりゃ小型だが、毒があることには変わりない。絶対に目を合わせず、胸より下を見て動け。歩幅五歩以内の距離にも入るな」

ギルバートが早口に説明しながら、腰に差していた長剣を抜いた。透弥は「あれで小型……」とつぶやきつつ、慌てて視線を下げる。と、コカトリスから五メートルほどの位置に、ララとクリフの姿を見つけた。

クリフは槍を持ったまま地面に仰《あお》向《む》けに転がっていた。彼に膝枕をするような体勢で、ララがコカトリスに向かって杖を突き出している。ローブのフードを深く被《かぶ》っているのは視線対策だろう。杖の先からは水色に輝く半球状の光が広がっていて、防御魔法でシールドを張っていることが見て取れた。

「クリフは!?　た、倒れてるけど大丈夫なのか!?」

「大方コカトリスの毒にやられたんだろう。変異種コカトリスは即死させるほどの毒は持っちゃいない。白魔導師の治癒魔法ならすぐに解毒できるはずだが……毒を浴びたクリフを助けにいき、コカトリスを足止めしたところで身動きが取れなくなったってとこだな」

ララの太股にクリフの頭が乗っているのは、コカトリスから引き剝がすべく、上体を引っ張って運ぼうとしたためだろう。身だしなみに人一倍気を遣うララの、ワンピースの裾が汚れるのも厭《いと》わない様子に必死さがうかがえた。

「死角から近づいて仕留める。あの白魔導師は口は悪いが、実力は王国内でも指折りだと聞く。慎重に移動したとしても防御魔法は十分持つはずだ。討伐が終わるまでトウヤはここに隠れてろ」

ギルバートの的確な指示に、透弥も一度は頷こうとした。けれど、コカトリスの顔を見ないよう手で隠しながら再度確認したところで、「あれ？」と声を漏らした。コカトリスの体の周りに、黒い霧のようなものがまとわりついていたのだ。

「あのコカトリス、もしかして魔獣化してる……？」

「なんだって？」

焦った様子でコカトリスを凝視したギルバートが、すぐそばで息を呑んだ。

「嘘《うそ》だろ。前に様子を見にきたときには、魔獣化の話は聞かなかったってのに」

ギルバートはやはり以前もこの森を訪れていたらしい。

「魔獣化した野獣は、獰猛《どうもう》さが増して人間を無差別に襲うようになるうえ、攻撃力や体力も跳ね上がる……ってことで合ってたよね？」

「ああ。俺の存在を悟られないように、なんて悠長にしてる暇はなさそうだ。白魔導師の魔法もそうだが、クリフが受けた毒も通常より威力を増しているはずだからな。一刻も早く治癒魔法を施さないと命に関わる」

一気に緊迫した状況になり、透弥は固い面持ちで唇を結ぶ。魔王とは違い、魔獣は一般的な攻撃でも討伐が可能だ。とはいえ、透弥の光魔法のほうが効果が高いのは間違いない。極力時間をかけないのであれば、透弥の魔弓を使って討伐するべきだ。

そう考えたのは透弥だけではないようだった。

「俺が注意を引きつけるから、その隙をついてトウヤの弓で……」

ギルバートは振り返りながら告げるが、最後まで口にする前に言葉を呑み込んだ。きっと透弥がひどい顔色をしていたせいだろう。噛みしめた唇は冷たく、血の気が引いているのが自分でも分かる。

（コカトリスに矢を当てられる自信がない）

動いている敵に矢を放つのは十年ぶりだった。おまけに、ギルバートが囮《おとり》役を買って出たということは、コカトリスのそばに彼がいるということだ。コントロールが定まらず、彼に突き刺さってしまったらと思うと背筋が凍った。

（でも……ギルバートが望むならやらなきゃ。でないと、僕が勇者として召喚された意味がない）

弓を背負うために取りつけたベルトを、透弥は震える手でぎゅっと握った。必死に自分を奮い立たせようとするが、恐怖で色を失った指先はひんやりと冷たい。

ギルバートは言葉もなく透弥を見つめていた。対する透弥は、彼に目を向けられずにいる。「大丈夫、僕がやる」と、そう言わなくては。やはりどうしようもない勇者だと、ギルバートを再び失望させる前に……。

「俺がコカトリスを倒す」

しかし降ってきたのは予想外の言葉だった。

「できる限りあいつらから引き剝がすから、トウヤはクリフたちを連れて安全な場所に逃げろ」

力強い声音には、呆れた調子や見下すような気配は感じられなかった。透弥が恐る恐るギルバートを見ると、彼は揺らぐことのない眼差しを返す。

「無理なことは無理だと隠さず伝えろと、そう言ったのは俺だ。気にしなくていい。あいつらの救出を頼む」

それだけ言うとギルバートは草地を飛び出した。コカトリス目がけて猛然と駆けていく。

足音に気づいたコカトリスがこちらに顔を向けたため、透弥は慌てて視線を落とした。コカトリスが体ごとギルバートに向き直る。それから「ケエェ――ッ！」と甲高《かんだか》い鶏の声をあげ、羽根をばたつかせながら突進した。

鋭い嘴で突き刺そうとするコカトリスを、ギルバートがひらりとかわす。その流れでコカトリスの背後に回った。金属製の重たい防具を着けているとは思えないほど俊敏な動きだった。

ギルバートの長剣が緑色の長い尾を真横に切る。その一撃で、ドサッという重たい音とともに尾が地面に落ちた。

「グゲェエェ！」

コカトリスの絶叫が森の中に響く。堪らず手で耳を塞ぎながら、透弥は「すごい……」と漏らした。

（魔獣化すると防御力も上がるのに、あの太さの尻尾を一太刀で切り落とすなんて）

精鋭揃いの騎士団の中でも、剣術の腕が群を抜いていると言われているだけある。

怒り狂ったコカトリスが標的をギルバートに変えた。ギルバートは毒性のある視線と吐息を浴びないよう、コカトリスの体の正面を避《よ》けながら、クリフたちとは逆方向に誘導していく。

その隙に透弥は木の陰を飛び出した。まっすぐララとクリフのもとへ走る。透弥がそばに寄ると、ララはほっと息をつき光のシールドを解いた。強力な防御魔法を施し続けるのに体力を消耗したようで、こめかみには玉の汗が浮いている。

「待たせてごめん。クリフの様子は？」

尋ねながら傍らに横たわるクリフに目をやると、彼は固く目を伏せたまま荒い呼吸を繰り返していた。顔色が悪く、唇が紫色になっている。

「わ、わたしを守ろうとして、真正面からコカトリスの目を見ちゃったの。クリフがどんどん衰弱していくのが分かるのに、コカトリスの攻撃を防ぐので精一杯で……」

いつもは気丈なララが動転していた。透弥はすばやくクリフの頭側に回ると、脇の下に両手を差し入れる。ギルバートに次ぐ長身のクリフは、防具を身に着けていることもありずっしりと重い。

「僕が上半身を持つから、ララは下半身を持って。身を隠しやすい場所に移動しよう」

協力してクリフを草むらに運ぶと、透弥は元いた場所を確認した。コカトリスの声は遠くから聞こえてくるが、その姿はすっかり見えなくなっている。ギルバートが十分な距離を取ってくれたのだろう。

ララのもとへ戻ると、彼はすでにクリフの治療を始めていた。杖をかざして呪文を詠唱すると、ララの手から白い光が放射状に広がる。

それはクリフの体を包み、彼の内側に染み込んでいった。青白かった顔に少しずつ血色が戻り、呼吸も穏やかになる。詠唱が終わると同時に、クリフがまぶたを震わせた。

ララと二人で地面に膝をつき、クリフの体を挟んで両側から覗き込む。ややあって、赤茶の睫毛に縁取られた目がゆっくりと開いた。

「あれ……勇者様……、私、まだ生きてます……？」

クリフの声は夢から覚めた直後のように掠《かす》れていた。ララが「馬鹿《ばか》っ」と涙声で突っ込む。

「無事だよ。ギルバートとララが頑張ってくれたおかげで、毒を消すことができた」

「そうなんですね……ありがとう、ライナス」

「ぶれないわね、その呼び方！　死ななかったから今回は許してあげるけど！」

肩を震わせながら、ララは手の甲で何度も目許を拭った。よほど不安だったのだろう。

クリフによると、透弥たちと別れて間もなくして、スノーフレークが多く咲く場所に行き着いたらしい。そのすぐそばに、大きな鳥の足跡がある……と思ったら、木の陰からコカトリスが現れた。

魔獣との戦闘経験がないクリフは、野獣とは比べものにならない力に混乱した。ギルバートが言ったとおり、蓄積した疲れも冷静さを欠く要因となり、コカトリスと目を合わせてしまったという。

「攻撃の一つ一つが重く、動きも俊敏でした。王国に仕える騎士として、それなりに場数を踏んできたつもりでしたが、魔獣の前ではまるで意味を成さなかった」

クリフの苦々しい語りに、透弥も唇を引き結んだ。いくら剣術に長けているとはいえ、ギルバート

だって魔獣と対峙した経験はないはずだ。一人で置いてきて大丈夫だろうか。

（僕がいたところで、役には立てないって分かってるけど……でも）

だからといって、ギルバート一人に危険な役目を負わせ、安全な場所でただ待っている気にもなれなかった。悩んだ末、透弥はすっくと立ち上がった。

「あいつのところに行くの？」

クリフの肩を抱いて助け起こしながら、ララが眉尻を下げた。

「謝っておいてほしい。忠告してくれたのに、ちゃんと聞かなかったこと。いろんな冒険者たちと一緒に野獣討伐をして、回復役としてちやほやされて……わたし、調子に乗ってた」

視線を落としてぽつぽつと語る様子は、いつもの勝ち気な姿からは想像もつかないほどしおらしい。仲間を危険に晒《さら》したことが堪《こた》えたようだ。

いつもならきっと、「分かった、伝えておく」と返したはずだ。派手に噛みついた手前、ギルバートと顔を合わせるのは気まずいだろう。そんなふうに、彼の心中を勝手に察したに違いない。

けれど今回は違う言葉がするっと漏れた。

「そういうのは自分で直接言ったほうがいいよ。恥ずかしくても、言い出しづらくても、きちんと向き合ったほうがわだかまりが解消するのは早いから」

ララが弾かれたように顔を上げる。目が合い、透弥は口許をゆるめた。「行ってくる」と告げ、ギルバートのもとへ急ぐ。

コカトリスの声を頼りに進むと、開けた場所でギルバートが剣を振るっていた。木の陰に隠れ、透弥は離れた場所から彼の戦いを見守る。

鱗《うろこ》に覆われたコカトリスの下半身や、白い羽根には切り傷と出血が見られた。すばやい身のこなしで毒を避けながら、ギルバートは着実にコカトリスに攻撃を重ねていた。

草地をものともせずに駆け、背後に回り込んで切りつける。コカトリスがぐるりと体を反転させると同時に、毒を浴びる危険性が低い尻の付近に移動し、今度は足元に剣を走らせる。

ギルバートの剣術の腕は、父親であるアーロン譲りだと国王は言った。けれどそれは少し違う。

（アーロンは圧倒的なセンスと、剛力で押す力業タイプの剣士だった。でも、ギルバートの動きはアーロンより滑らかで無駄が少ない。鍛錬を積んでしっかり基礎を固めた人の動きだ）

サボってばかりの怠惰な騎士だと一体誰が言ったのか。ギルバートの動きを見れば、彼がいかに努力を重ねてきたのかがうかがえる。真摯に剣と向き合ってきた真面目な騎士がそこにいた。

とはいえ、長く続く戦闘に疲弊しているのはコカトリスだけではない。

首を切り落とすなり、心臓を突くなりすれば片がつく。だが常に移動しながら戦う必要があるため、ギルバートの剣はあと一歩のところで急所に届かない。尾から大量に出血しながらも、コカトリスにいまだ倒れる気配がないのは、魔獣化の影響が大きいはずだ。

ギルバートの表情が次第に険しくなっていく。コカトリスの毒もなんとか避けている状態で、このまま戦いが続けば先に体力切れを起こすのは明白だ。パーティ最大の戦力であるギルバートが倒れてしまえば、彼を助けられる人員はいなくなる。

（なにか手を打たなきゃ。どうやったら魔獣化したコカトリスを倒せる？）

透弥は斜めがけしたベルトを強く握った。固い革の感触にはっとして、背負っていた弓を慌ただしく下ろす。

滑らかな流線形を描く弓は、魔法の効果を増幅させる紋様が彫られている。十年前にも一緒に戦い、透弥の帰還後は神殿に保管されていた大事な相棒だ。

コカトリスに命中させる自信はない。的は耐えず動き回っているし、そのそばにギルバートが張りついている。不安要素を数えればきりがない。

けれどやらなくてはいけないと思った。勇者の立場とか、自分が召喚された意味とか、そういう「空気を読んだ」行動ではなく、ただギルバートを助けたかった。その方法が一つしかないのなら、迷ってなどいられない。

左手で弓柄を握り、右手で矢を取って筈を中仕掛けにはめる。矢筈をつかみ、弓を構えて押し開くと、コカトリスに狙いを定めた。

「聖なる光よ。闇を打ち消し、悪《あ》しき霧を浄化せよ」

潜めた声で呪文を詠唱すると、弓矢がほのかな光をまとい始めた。勇者にのみ使える光魔法だ。

十年も実戦から離れていたのに、魔弓はぴたりと透弥の手に馴染んだ。まるで自分の帰りを待ち望でいたかのように。そう思うと、不安と重責にざわめいていた心が凪《な》いでいく。コカトリスのけたたましい鳴き声も、ギルバートのマントがたなびく音も、自然の一部となって透弥の耳に染み入る。

ピンと張りつめた集中力が頂点に達した瞬間、狙った位置にコカトリスがやってきた。今だ、と思ったときにはもう矢を放していた。

ビュンッと鋭い音をあげ、矢が飛んでいく。矢を包む光は、コカトリスに近づくにつれどんどん強くなる。

（当たれ、当たれ、……当てろ！　ギルバートを守れ！）

固く拳を握り、透弥は矢に命ずるように祈った。

しかし、十年間のブランクを一瞬で埋めることはできなかった。矢は徐々に左へと逸《そ》れていく。その先にいるのはギルバートだ。

ひゅっと透弥が息を呑んだ瞬間、ギルバートの目が飛んでくる矢に向けられた。途端に、コカトリスの尻側にいたギルバートは、躊躇《ちゅうちょ》なく正面に飛び込む。ようやく敵を捕らえたとばかりに、コカトリスが両足を広げて立ち、嘴を開いた。

ギルバートに毒の吐息を浴びせようとした瞬間、コカトリスの横腹に矢が突き刺さった。地面に落ちた手榴弾《しゅりゅうだん》が爆発するように、目も眩《くら》むほどの光が矢先から放たれる。

「ギャギャ……――ッ！」

甲高い悲鳴もまた光の渦に呑み込まれた。視界が戻ってきたときには、矢が刺さった大きな野獣は地面に伸びていた。体にまとわりついていた黒い霧も消えている。

「と……討伐は成功した、ってこと？」

全身の力が抜け、透弥は膝からくずおれた。ソードホルダーに長剣をしまったギルバートが、緩慢な足取りで透弥のもとへやってくる。

「勇者様の光魔法ってやつはとんでもない威力だな」

安堵と疲労が混じり合った表情は、いつになく和らいでいた。やわらかい眼差しとともに手を差し伸べられ、透弥はきょとんとする。少しの間ののちに自分の手を重ねた。

そのまま手を引かれ、ギルバートの正面に立つ。

「助かった。まさかトウヤが自分から光魔法を放つなんてな。クリフを助けにいく前は、『自信がない、無理だ』って青い顔に書いてあったのに」

「自信なんて今もないままだよ。ただ夢中だっただけ。ギルバートが誘導してくれなかったらコカトリスに当てられなかったし」

透弥が肩を竦めてみせると、ギルバートがふっと息を漏らした。張っていた気をゆるめるような、穏やかな微笑みだった。子供のように笑っていたアーロンとは異なる、じんわりと染み入るような温かさを孕《はら》んだ笑み。

透弥はそのとき初めて、ギルバートについて「ああ、アーロンとは違う人間なんだ」とはっきり実感した。落胆したわけではない。むしろ一人の人間として、彼のことを好ましく思った。こんなふうに優しく笑うのだと分かったら、もっと別の一面も見たくなる。

　アーロンから託されたという前提がなくとも、ギルバートと打ち解けたかった。過去の冒険など関係なく、今ここにいる三人と親しくなりたいと思った。

「ま、確かに命中率はもう少し上げてもらわないと困るな。今のままだと魔獣にじゃなく勇者様の矢で倒れそうだ」

　珍しく軽口を叩《たた》くギルバートに、透弥は「今度からは僕も実戦で練習する」と苦笑した。


　日没までになんとか森を抜けた透弥たちは、予定どおりその先にある村に泊まることにした。畑の間にぽつぽつと家が建つ小さな農村で、薄暗がりの中から、初夏の爽やかな緑と湿った土の香りが漂ってくる。

「宿として経営する建物はないが、冒険者が来たときは村長の家を借りられることになっている。食事もそこで用意してくれるはずだ」

　ギルバートは、畑の間に伸びた道を迷いのない足取りで進んでいく。あとに続く透弥たちは顔を見合わせた。

「今までもこの村を訪れたことがあるんだ？」

「まあ、個人的に何度か」

「任務じゃなく個人的に？　ちゃんと言いなさいよ、そういうことは」

「ララが言わせなかったんだろ……」

ぷりぷりと怒るララに、ギルバートがげんなりと肩を落とす。彼らのやりとりを見ても、透弥が気を揉むことはなかった。コカトリスとの戦いを終えてクリフたちと合流した際、ララは意を決した様子でギルバートのもとへ向かい、

『ごめん。……ありがとう』

と俯き加減に言ったのだ。端的な謝罪と感謝の言葉が、どんな言動に対してのものなのか、ギルバートも察したらしい。

『俺じゃクリフの治療はできないし、お互いさまだろ』

調子が狂うとでも言いたげに後頭部を掻き、もごもごとこもった声で返した。それで、ギルバートとララの間に勃発した争いは終わりを迎えた。

（寡黙なギルバートと、おしゃべりなララは正反対だと思ってたけど、よく見ればそっくりなんだよな。頑固で血の気が多いけど、仲間がピンチのときはなりふり構わず敵の前に飛び出すところとか）

微笑ましい気持ちで二人を見つめていると、ふいにギルバートが透弥を振り返った。

「なにニヤニヤしてんだ」

「ん？　ギルバートとララって、兄と妹みたいなとこあるなって思ってさ」

思ったままを口にすれば、二人は怪《け》訝《げん》な様子で互いを見やり、「「はあ？」」と声を揃える。

「なんでわたしらが兄と妹なんてことになるのよ」

「そうですよ。ライナスは男性なので、妹ではなく弟です」

「もう一度コカトリスの前に突き飛ばしてやろうか！」

相変わらず少しずれているクリフに、ララが容赦ないツッコミを入れる。透弥は「あははっ」と軽やかに笑った。

ふと、透弥たちの声を聞いた老齢の男性が家の中から顔を覗かせた。それからなにかに気づいた様子で慌ただしく近寄ってくる。「村長だ」とギルバートが教えてくれた。

「ギルバート様ではございませんか！　足繁く様子を見にきていただき、ありがとうございます。今回の任務は無事終えられたのですか？」

気さくに声をかけてくる村長には、必要以上に畏《かしこ》まった雰囲気は感じなかった。小さな村の住民が、英雄の子として知られるギルバートに、親しげな態度を取ることを透弥は意外に思った。

「今回は任務の道中に立ち寄ったんだ。例のコカトリスは先ほど討伐を終えた」

「本当ですか！　ありがとうございます、これで安心して森を歩けます。スノーフレークを見つけては遠回りし、野獣の足音を聞いては身を潜め……と、この三ヵ月本当に大変で。おまけにここ数日はコカトリスの様子もおかしく、いつ村にやってくるかと眠れぬ夜を過ごしておりました」

ギルバートが変異種コカトリスの存在を知っていたのは、村長から情報を得ていたかららしい。魔獣化したのは最近なのか……と透弥は頷くが、ギルバートは「なに？」と顔を顰める。

「野獣に奇妙な動きがあれば、すぐに知らせろと言っただろ」

「ええ。そのため、数日前にまた騎士団宛にお手紙をお送りしました」

「完全に入れ違いだな……。急用の場合は『紙の鳥』を使うように言っただろ。あれなら一日と経たず俺のもとに直接届いたはずだ」

「ギルバート様にいただいたものでしょう？　おいそれとは使えませんよ。高級な魔道具だと聞きましたので」

村長の大真面目な返答に、ギルバートは額に手を当てうなだれた。

紙の鳥とは、その名のとおり鳥の形をした紙の魔道具だ。離れた地に暮らす人への情報伝達は、ネスティニア王国では手紙が一般的だが、数日から一週間ほど日数を要する。しかし紙の鳥に要件を書けば、王国内であれば当日中に宛名の人物のもとへ飛んでいくのだ。

（でも、確かに高いんだよね。日本円にして三万から五万円くらい……？）

いただき物とはいえ、庶民にとっては軽い気持ちで使えないものだ。

そんなことを考えていると、彼らのやりとりを聞いていたクリフが、落ち着かない様子で視線を泳がせた。一体どうしたのかと問おうとしたが、それより先にララが「えっ」と声をあげた。

「つまり、ギルバートは個人的にこの村に通って、任務でもないのに野獣討伐をしようとしてたってこと？」

「はい。あの……、王都ではギルバート様の功績は知られていないのですか？」

村長がぽかんと口を開ける中、三人の視線がギルバートに集中した。どういうことか説明しろ、という無言の威圧に、ギルバートは気まずげに視線を泳がせる。

「～～ッ、お……、俺は水場に行って防具の汚れを落としてくる。村長、今夜も宿泊させてもらえるか？　トウヤたちの案内を頼む」

不機嫌そうに顔を歪めるが、その目尻が赤く染まっているのを透弥は見逃さなかった。秘密裏に動いていた件を知られたのが照れくさいらしい。ギルバートは後頭部をガシガシと掻き、そそくさと立ち去った。

常に厳《いか》めしい雰囲気を漂わせているギルバートの、思いがけない一面に透弥たちは唖然とした。村長だけは慣れた様子で「夕飯を準備しておきますね」と頷く。

「ギルバートの功績って、具体的になにをしたのでしょう？」

すかさず透弥が尋ねると、村長は笑顔で説明してくれた。任務の合間を縫ってギルバートが田舎の町村に顔を出し、野獣被害の調査をしていることを。

野獣を追い払うための魔道具を渡して棲《す》み分けを図ったり、必要があれば討伐もしたりと、あれこれ手を尽くしてくれるのだという。

「騎士団が派遣されるのは、貴族が住む大きな街に被害が出たときだけです。それ以外の地域に住む者は、冒険者を雇って野獣を討伐してもらうしかないのですが、うちのような小さな村ではそんな資金は用意できません。そういった、野獣に怯えるしかない貧しい地域の者に、ギルバート様は手を差し伸べてくださるのです」

気持ちばかりの謝礼を用意しても、ギルバートは決して受け取らない。「その金で新しい種を買い、またおいしい野菜を作ってくれ」と言い、爵位持ちは決して口にしないような素朴な食事を、綺麗に平らげて帰っていく。

　コカトリスが三ヵ月前に現れた際も、村長から報《しら》せを受けたギルバートは、騎士団の任務を終えたあとで調査にやってきた。

　案内役の村人を連れて森に入ると、スノーフレークを啄《ついば》むコカトリスを見つけた。しかし同行者に危険が及ぶ可能性を考え、コカトリスに気づかれる前に撤退したそうだ。以降、何度かギルバートはコカトリス討伐に赴いたが、見つけられないまま今日に至っていた。

「ギルバートの任務終了後の帰還が遅いのは、野獣に困っている人たちを助けるためだったんだ……」

　透弥のつぶやきに、ララとクリフも神妙な面持ちになった。

「万が一この村に騎士団が来ることがあっても、ギルバート様の功績については決して言わないよう口止めされておりました。しかし小さな町村では有名な話です。てっきり、国王陛下も承知されていて、とっくに栄誉を賜っているものだと思っておりましたが……」

　沈黙する三人に、村長が戸惑いを露わにした。透弥たちは返す言葉が見つからない。実際には、「任務のついでに遊び呆《ほう》ける、英雄の放蕩息子」などと不名誉な噂を立てられている。

「そういう人なんです、ギルバートは」

　口を開いたのはクリフだった。村長に「あとで伺います」と告げて自宅に戻らせると、静かに語り始める。

「我が一族、ベックリー家は子爵の称号を得ていますが、いわゆる没落貴族でして。私は次男ですが、実家に少しでも仕送りをするため騎士団に入ったのです」

騎士団では、一定以上の剣術を身につけた、十二歳以上の国民に入団を許可している。身分は問わないとしつつも、大半が貴族の三男以降だ。長男や次男は次期当主候補として領地の管理に携わるが、三男以降が跡取りになる可能性は低い。

そのため、王族の専属護衛騎士となり、名を上げる道を目指すのだ。

三男以降の子息は幼少期から師をつけて剣術を習う。平民出身の騎士もいないわけではないが、入団時点で差が出るのは歴然だ。おまけに、貴族として常に従者を連れていた彼らは、実力主義の騎士団においても互いの出自によって態度を変えていた。

「貧しい子爵の家に生まれ、次男でありながら騎士となった私が、伯爵家や侯爵家出身の騎士から下に見られるのは当然の流れでした。そんなとき、ギルバートが私を背中に隠し、彼らに言ったのです」

――相手の出自にしか価値を見出《みいだ》せないお貴族様は、さぞ立派な教育を受けてきたんだな。国王陛下をお守りするときもきっと、贅を尽くした衣服をまとっていなければ、陛下かどうかも判断がつかないに違いない。

盛大な皮肉に、騎士たちはもちろん腹を立てた。しかし翌日には、身分によって態度を変えるような者はいなくなった。

腹いせとして、騎士たちは立て続けにギルバートに試合を申し込んだものの、誰一人として彼に勝てなかったからだ。それどころか、ギルバートは息一つ乱さなかったという。

その一件以降、クリフや平民出身の騎士たちは己の出自を気にせず、任務にのみ集中できるようになった。

「私を勇者様の護衛の補佐に指名してくれたのも、専属護衛騎士の候補になれるよう配慮してくれてのことだと思います。専属護衛騎士の給金は平の騎士とは桁違いですが、その選考基準の一つに、どんな功績をあげているかも含まれていますから。お礼を言ったら、『口うるさくなさそうな奴を選んだだけだ』と受け流されてしまいましたが」

苦笑するクリフを前に、透弥はなにも言えず唇を結ぶ。ギルバートに悪評が立つよう仕向けたのは、貴族出身の騎士たちに違いない。剣術では敵《かな》わないからと、姑息《こそく》な手段で彼の評価を落とそうとした。野獣に困っている人々を救うため、規律に反した行動を取っていた点に付け込まれたのだ。

「噂のせいで大々的には言えずにいるだけで、騎士団の中にもギルバートを慕う人はたくさんいます。雑務を押しつけられる気の弱い文官にも、なかなか剣術が上達しない騎士にも、ギルバートは平等に接してくれるんです」

にっこりと笑んでクリフは話を締めた。どんな返答をすればいいか分からずにいる透弥とララに、「さあ、村長さんが心配する前に行きましょう」と朗らかに声をかけてくる。温厚な青年といった風体のクリフにも、様々な苦労があったのだと今さらながらに実感した。

そして、ギルバートにも。

（……不器用な人だ。立場の弱い人を放っておけなくて、正義感が強く情に厚い）

そんな彼の人となりが、世間に正しく伝わっていないのがもどかしかった。他人に決して媚《こ》びず、強い口調であるため誤解されがちだが、本質はきっと愛情深く優しい人なのだ。

（仲間だとは思ってないって、一度は言われたけど。でもやっぱり、僕はギルバートとちゃんと「仲間」になりたいな）

彼の血筋など関係ない。険しい表情の下に、温かな心を隠し持つギルバートだからこそ、親しくなりたいと思った。

透弥は一度足を止め、夜の闇が覆い始めた道に視線をやった。水場へと向かった騎士の、まっすぐ前だけを向いて進む、信念を持った後ろ姿が目に浮かぶようだった。

魔王城がある最果ての森は、それまで立ち寄ったどの森とも雰囲気が異なっていた。

じっとりと湿った沼地があるかと思えば、草木が枯れた岩場にたどり着き、洞窟を抜けた先にまた鬱蒼と木々が生い繁る。様々な地形が一緒くたになっている分、出現する野獣の種類も多かった。

透弥たちが魔獣化したワーウルフと対峙しているのは、紫色の植物が繁る森の中だった。ワーウルフは二足歩行をする狼《おおかみ》型の野獣で、鋭い牙と爪で攻撃を仕掛けてくる。元々は五匹の群れだったが、二匹はすでに倒し、残り三匹と交戦していた。

「そっちに行ったぞ、クリフ！」

「は、はい！」

　前衛を務めるギルバートが二匹を相手にし、クリフが一匹に槍で応戦する。支援役のララは、弓を構える透弥の後ろで防御魔法の詠唱をした。

「清らかな精霊よ、我々に加護を与えよ。すべてを打ち消す光によって、邪悪な牙を弾け」

　ギルバートの剣を逃れ、太股に噛みつこうとしていたワーウルフが、防具を覆う光によって弾かれた。地面に背中を打ちつけ、「ギャンッ！」と悲鳴をあげる。

　すぐさま起き上がったワーウルフは、爛々と光る目をこちらに向けた。後ろ足で地面を蹴り、勢いよく駆け出す。

「ギルバート！　クリフ！　僕の前にワーウルフを並べて！」

　矢を魔弓に番えた透弥は、滑らかに光魔法の呪文を詠唱したのち、前衛二人に向かって声を張り上げた。突進してくるワーウルフとの距離が近づいても、張りつめた集中力は途切れさせない。

　ギルバートの剣を避けようとした一匹と、クリフに突き飛ばされた一匹、そして透弥に襲いかかろうとするワーウルフが直線上に並んだ。今だ、と透弥は矢筈を放す。

　真っ白な光をまとって飛び出した矢は、手前にいたワーウルフを貫通したのち、ギルバートたちが相手をしていた二匹をまとめて突き刺した。途端にワーウルフの内側から光が溢《あふ》れる。

　ワーウルフを支配していた闇魔法が浄化され、三匹は咆哮《ほうこう》をあげて地面に倒れた。そのまま動かなくなる。

「なんとか無事に討伐を終えましたね。魔獣が五匹も出てきたときにはどうしようかと思いましたが」

　安堵した様子で天を仰ぐのはクリフだ。透弥は弓を背負い直すと、ララとともにギルバートたちのもとへ向かった。激しい戦いであったが、誰も負傷せずに済みほっとする。

「みんなお疲れさま。前に比べてかなり連携がよくなったよ」

「ああ、だいぶ魔獣相手の立ち回り方がつかめてきた。それに、トウヤの弓も随分的中率が上がった」

「たくさん練習させてもらったしね。何度かギルバートたちをヒヤリとさせちゃったけど」

「そうね。ギルバートの顔の横を勢いよく矢が飛んでいったときは、さすがに背筋が凍ったわ」

「うっ……その節はすみません」

　首を竦める透弥に、ララとクリフが楽しそうな笑い声をあげた。すぐ隣で、ギルバートもふっと口許をゆるめる。王都を出発した直後からは考えられないほど打ち解けた三人に、透弥もまた和やかな気持ちになった。

　魔獣化したコカトリスを討伐してから一ヵ月半。途中、ギルバートの希望でいくつかの町村に立ち寄り、野獣被害はないか確認し、住民の訴えを元に何頭か討伐した。そのため予定より半月の遅れは出たが、透弥たちは無事最果ての森にたどり着いた。

　互いの遠慮や溝もなくなり、いいパーティになってきたと思う。道中、目撃情報にあった魔獣と対峙し、戦闘の経験を積めたのも大きな収穫だった。

とはいえ、心持ちに余裕があるのは、遭遇した魔獣の数が少ないからだ。一回目の召喚で訪れた最果ての森は、どこもかしこも魔獣だらけだった。戦闘に次ぐ戦闘で皆疲弊していたし、常に神経を張り巡らせる必要があり、魔王城までもう少しという場所で雑談を交わすことなどできなかった。

そもそも、魔王が君臨していた頃の最果ての森は、もっと禍々しい気配に満ちていたはずだ。

（だからかな、魔王が復活したっていう説に今一つ確信が持てないっていうか。気持ちばかり出てくる魔獣も、なんだかお飾り感があるんだよな。まるで魔王の復活をほのめかすための存在みたいな……）

自分がのんびり構えすぎなのだろうか。すっきりしない思いを抱えつつも、防具や武器に異常はないか確認し、四人で再び歩き出した。

自然と隣に並んだギルバートをちらりと見て、透弥は目許を綻ばせる。

（「様子を見にいきたい村があるなら事前に教えて」って、思い切って伝えてよかった）

コカトリスを討伐し、農村に宿泊した夜。透弥は意を決してギルバートに声をかけた。

ギルバートの行いは立派だが、やはり集団行動をしている以上、詳細も告げずに単独行動をされるのは困る。旅の進行を遅らせたなどと咎《とが》めるつもりはないので、立ち寄りたい場所があるなら、できれば自分たちも同行させてほしい……と。

せっかくララとの対立が終息したのに、余計な発言で刺激しないほうがいいだろうか。そんな葛藤もあったが、同じ口論を繰り返したくないという思いが上回った。

『ギルバートの話、僕はちゃんと聞くし、信じるからさ。だから最初から諦めないで話してほしい』

緊張した面持ちで告げる透弥をまじまじと見て、ギルバートは、

『……分かった。勝手な行動をして悪かった』

と短く返し、視線を外した。

機嫌を損ねたかとヒヤヒヤしたが、こもった声音はどちらかといえば、叱責された子供のような印象を与えた。ばつが悪いだけなのだと思うと、安堵するとともにほんわかした気持ちが胸に広がった。

（物言いがきついから怖く見えがちだけど、ちゃんと話してみれば結構素直なんだよな。いつもはしっかりしてるのに、謝るときは気まずそうなところも年下感があって可愛いし）

ララとクリフももちろんだが、なによりもギルバートとの距離が縮まったことに浮かれてしまう。アーロンと約束しただけではなく、ギルバートの本来の性格を知ったからこそ、彼と打ち解けられた喜びに頬《ほお》がゆるんだ。

「ニヤニヤしてる」と突っ込まれないよう口許を手で覆うと、ギルバートが訝《いぶか》しげに片眉を上げた。

「どうした、変な顔をして」

「えっと……、あ、ギルバートってどうして剣だけじゃなく弓も使えるんだ？　それに槍も。時々クリフにも戦い方の指導をしてるよね」

実戦で矢を射る際、戦況に余裕がある場合は、ギルバートが隣に立ってアドバイスをしてくれた。

おかげで透弥も、動き回る野獣を前にしても、冷静に狙いを定められるようになった。

　適当に誤魔化すための質問だったが、ギルバートは「ああ」と真面目に頷く。

「騎士団に入ろうって決めてから、一通りの武器は試してみたからな。長剣、双剣、大剣に、弓、槍、斧……。その中で一番なんとかなりそうだったのが長剣だった」

「へえ、意外だ。てっきり最初からアーロンに剣術を教わったんだと思ってた」

　素直な感想を口にすると、ギルバートの眉がぴくりと震えた。怒らせたか、と透弥は思わず口を噤《つぐ》むが、ギルバートが不愉快そうな顔を見せることはなかった。落ち着いた面持ちで淡々と返答する。

「親父には剣を教わらなかった。同じ町に剣術に長けた老人がいて、他の子に混じって一緒に習っていたんだ。彼は、昔は剣士として冒険をしていたらしい」

「ああ、そうだったんだ」

　なぜアーロンに習わなかったのか、とは尋ねなかった。なんとなく彼の名前を出してはいけない気がしたからだ。遠慮されるより、まっすぐ意見をぶつけられることを好む男だとは分かっていたが、その一線だけは安易に越えてはいけないと思った。

　代わりに透弥は明るい笑みを見せる。

「なんかいいね、そういうの」

「うん？」

「挑戦してみたけど、向いてなかったことでもさ。経験したからこそ僕たちに教えられるわけだろ？

どんな失敗も挫折も、巡り巡ってどこかで役立つんだなって実感できて、勝手に励まされる」

ギルバートの目を見つめ、思ったままを飾らずに告げた。彼は美しい色の双眸を見開くと、じわじわと頬《ほお》を赤らめた。ぱっと視線を逸らすと、先ほど透弥がしたように口許を手で覆い隠す。

「なんというか、トウヤは時々恥ずかしいな」

「えっ。僕の発言、なんかおかしかった？」

「違う。そうじゃなくて……、あまりに純粋で、聞いているほうが恥ずかしくなる。そうか、これが勇者の伝説か」

後半は妙に納得した様子でつぶやいていた。勇者然とした発言をしたつもりなど毛頭なく、透弥は目をぱちくりと瞬かせる。

「仲がいいのは結構だけど、そろそろ目的地に到着よ、お二人さん」

後ろからララに声をかけられ、透弥とギルバートははっとした。表情を引き締めて顔を上げると、紫色の枝葉が開けた先に、この旅の終点が見えた。闇の存在と呼ばれる魔王の拠点、魔王城だ。

しかし、透弥が十年前に見た光景はそこにはなかった。蔦《つた》が這っていた石造りの壁は、首を反らさないと天辺を確認できない高さだったのに、今はすっかり朽ち果てている。輪郭とわずかな瓦礫《がれき》を残すばかりで、鉄製の重たい扉も、城内の至るところに飾られていた燭台《しょくだい》も見当たらない。

魔王の討伐とともに倒壊した魔王城は、その後瓦礫の撤去作業が行われたという。しかし運搬に時間がかかるうえ、度々野獣による邪魔が入った。元より人間はほとんど足を踏み入れない場所だからと、結局、完全な更地に戻る前に作業は取りやめになったという。

「魔王城が元に戻っていないってことは、魔王は復活していないんですかね？」

腕組みをして首を傾げるクリフに、ギルバートは「いや」と即答する。

「だとしたら、魔獣を生み出している奴は誰なんだって話になる。他の場所に魔王城を築いているか、そもそも今回は根城を持っていない可能性もある。まだ断定はできない」

ギルバートの言うとおりだ。それに魔王城跡地についても詳しく調べてみる必要がある。ララの危険予知魔法で、罠《わな》の有無や闇魔法の気配を探ってから、透弥たちは跡地に侵入した。

瓦礫となったグレーの石壁、青い炎が灯《とも》されていたシャンデリアの一部、ゴーレムと戦った部屋の砂……。城の名残を感じながら、四人で魔王復活の手がかりを探していく。

「この赤い絨毯《じゅうたん》、多分魔王の間に敷かれていたものだ」

土埃《つちぼこり》を被った布の切れ端を見つけてつぶやくと、すぐさまギルバートがやってきた。隣に立ち、膝に手を当てて絨毯の一部をまじまじと見つめる。間を置かず、その力強い眼差しが透弥に移動した。

「城内の魔獣を倒しながら、城の最上階にたどり着いたところでようやく現れるっていう、あの魔王の間か？　それまで戦ってきたどの魔獣とも比べられないほどの強さを誇るという、あの？」

「へ？　うん、そうだね」

「トウヤの光魔法を浴びせた直後しか物理攻撃が効かないんだろ？　ただでさえ強いのに、危機に陥ると何体もの偽者を生み出すから、精霊の『真実の目』によって正体を見破る必要があったんだよな。

親父が毒を浴び、斧使いが重傷を負って、神官が治癒魔法を繰り返しながら、死力を尽くして戦ったと聞いた。トウヤは平和な世界からやってきたのに、恐ろしくはなかったのか？」

「ま、まあ……夢中だったから……？」

いつになく饒舌《じょうぜつ》なギルバートが、透弥を凝視したままずいっと踏み込んできた。あまりの熱量に気《け》圧《お》され、透弥は堪らず両手をギルバートに見せて制止のポーズを取った。

（なんかやたらと詳しくないか？　それに、こんなふうに質問攻めにされるのも初めてだ。いつもは僕がギルバートに質問する側なのに）

「ねえ、これってなにかしら？」

たじろぐ透弥に助け船を出したのは、別の場所を確認していたララの声だった。

二人でララのもとへ向かうと、彼の足元に奇妙な石がいくつか転がっていた。透弥がそのうちの一つを拾い上げ、全員で透弥の手のひらを覗き込む。

石の大きさは二センチほど、形はどれも滑らかなオーバルだ。表面はつるりとしていて、一点の曇りもなく透き通っている。

「多分だけど、これ……『真実の石』だ」

真実の石とは、ナフィリィの体から滴《したた》った泉の水が硬化したものだ。手にした者が嘘をつけば、途端に黒く濁り割れてしまう不思議な石。

王国の東にある真実の泉に、精霊・ナフィリィは宿っていた。垂れ耳うさぎを思わせる愛くるしい姿をしていて、淡いピンク色のふわふわした体毛には不思議な紋様が描かれ、耳の先端にかけて赤いグラデーションになっている。

ナフィリィはかつて、透弥が冒険をともにしたパーティの仲間だった。魔王が操る闇の力のせいで住処《すみか》である泉が濁り、助けてほしいと透弥のもとにやってきたのだ。

物事の真実を見抜くナフィリィの目は、最果ての森に仕掛けられた罠を見抜いた。ギルバートが語ったように、魔王との戦いでもその能力を遺憾なく発揮した。人懐こい性格で、透弥とも種族を超えた友情を育んだが、現在は真実の泉に戻っていると聞く。

魔王城から逃げる際に落ちたのかと思ったが、真実の石には傷も土埃も見当たらなかった。倒壊に巻き込まれたにしては綺麗すぎる。

（つい最近、ナフィリィがここに来た……？）

非常事態でもない限り泉を離れることのない精霊が、一体なぜ魔王城跡地を訪れたのか。深まる謎に透弥が首を捻《ひね》ったタイミングで、背後でカサッと音が鳴った。たった今抜けてきた森がある方向だ。

魔獣が現れたのかとすぐに振り返ったものの、そこに生き物の姿は見られなかった。聞き間違いだったのかもしれない。魔王城跡地の探索に戻った透弥だが、誰かに見られているような奇妙な気配が、その後も背中にまとわりついていた。

魔道具を使って森の入り口に戻った透弥たちは、魔法陣を利用し、鉱石の街・クラスパイアに移動した。緊急の場合は紙の鳥を飛ばして連絡を、そうでない場合はクラスパイアを経由して帰路に就くよう、アーロンから事前に指示があったのだ。

　クラスパイアは街ごと城壁で囲った城郭都市で、石の精霊の加護を受けている。その神殿にある魔法陣は、最果ての森にも王都にも行き来できるため、確かにこの街から王都を目指すのが最短ルートだ。王都の魔法陣は不調続きのため、その隣町に転移して徒歩移動しようと決まったのだが。

　領主であるデズモンド伯爵は愛想のいい中年男性で、透弥たちの来訪を歓迎してくれた。豪奢な屋敷に招き入れると、応接間の中央に設置されたテーブルに着き、にこやかに話しかけてくる。

「伝説の勇者様にご挨拶できるなんて、なんという僥倖《ぎょうこう》でしょう。魔獣の視察と討伐に尽力されたと伺いましたが、お疲れではございませんか？　最上位の神官を呼び、癒やしを提供することも可能でございますよ」

「いえ、お気遣いには及びません。優秀な白魔導師が同行してくれましたし、そもそも別段多くの魔獣と対峙したわけではありませんので」

　透弥の返答に、右隣に座ったララが誇らしげに胸を張った。デズモンド伯爵は「左様でしたか」と頷き、顎に指を添えて逡巡《しゅんじゅん》する様子を見せる。

「実は折り入って相談がございます」

　テーブルに手を置き、前のめりになったデズモンド伯爵は、透弥の左隣にいるギルバートに目をやった。

「クロムウェル様は、騎士団でも指折りの精鋭と伺いました。そんなクロムウェル様の腕を見込み、ぜひとも解決していただきたい問題があるのです」

「ギルバートに、ですか？」

思わず横目でギルバートを見ると、彼もまた不思議に思ったらしく、透弥に無言で視線を寄越した。大きな街を訪れた際、勇者への協力要請を受けた貴族から挨拶をされることはあったが、護衛のギルバートを名指しされるのは初めてだった。

「我が領地は様々な色を放つ光彩石《こうさいせき》が名産なのですが、最近になって、採掘場の近辺に野獣が現れるようになったのです。人間を食らう恐ろしい野獣のため、鉱夫たちは採掘場に立ち入れなくなってしまいました。そこへ、素晴らしい騎士だと噂に聞いていたクロムウェル様がいらした。これはもうこの地を加護する精霊の導きとしか思えません！　どうか手を貸してはいただけませんか？」

デズモンド伯爵は眉尻を下げ、いかにも困り果てているといった様子で熱弁を振るった。最初の挨拶は軽快な調子だった分、一変した表情に透弥は戸惑う。

とはいえ、困っていると知った以上放っておくわけにはいかない。それに、貴族の中にもギルバートを評価してくれる人がいるのだと思うと嬉しかった。

「僕たちも同行して構わないですか？」

「もちろんですとも」

「それなら今までと同じように、みんなで様子を見にいこうかと思うんだけど、ギルバートはどう？」

「俺はトウヤの決定に従う」

話がまとまると、透弥たちは早々に屋敷をあとにした。まだ日も高いので、早速話に出た鉱山に向かう。

採掘場の入り口には確かに、屈強な肉体を持つ鬼・オーガが数頭いた。人間より二回り大きいオーガだが、知能はあまり高くない。決して討伐が難しい野獣ではなかった。

現地に行く前はパーティ全員で戦うつもりだったが、結局ギルバート一人ですべて片づけた。屋敷に戻ってその旨を報告すると、デズモンド伯爵は喜びに目を輝かせた。

「さすがクロムウェル様！　これで鉱夫たちも安心して仕事を再開できます。心より感謝いたします」

難易度の低さに対し、過ぎる賞賛の言葉を贈られ、ギルバートは「はあ……」と困惑する。

（大きな街を有するこの領地なら、野獣被害を訴えればいくらでも騎士団を派遣してもらえたはずだ。万が一断られたとしても、あの程度の野獣なら一般的な冒険者でも十分に対応できる）

依頼料を捻出できないような小さな村というわけでもない。野獣被害に泣き寝入りするしかなかった人々を思い出し、透弥もまた不可解な気持ちを抱いた。ララも「どうも引っかかるわね」と顔を顰めていたが、温和なクリフだけは困ったように笑っていた。

その日はデズモンド伯爵の屋敷に宿泊することになった。透弥たちは、質のいいドレスシャツとスラックスを貸し与えられ、晩餐の席に招かれる。

そこで贅を尽くした料理を振る舞われたのだが、なんだか気疲れしてしまって今一つ食が進まない。

音楽隊を招いた豪華な生演奏や、透弥たちをやたらと褒めそやすデズモンド伯爵にも、名状しがたい居心地の悪さを覚えるばかりだった。

適当な理由をつけ、三階の客室へと早々に引っ込んだ透弥は、夜風に当たるべく窓を開けた。デズモンド伯爵の屋敷は街の外れにあり、背後には果樹が植えられている。六月の湿った風が吹くと木々が揺れ、枝葉がかさかさと音を立てた。

（またネスティニア王国に召喚されて、もうすぐ三ヵ月か。なんだかあっという間だったな）

憧れのアーロンと再会したと思ったら、彼の息子であるギルバートと旅をすることになり、叱られたり叱ったりしながら少しずつ心の距離を縮めてきた。前回の冒険との違いに戸惑うことも多かったが、なんとか順応できている。

（でも……どんなに親しくなっても、目的を果たしたあとは、ギルバートたちともさよならをしなきゃならないんだよな）

十年前、現代日本に帰還するため、仲間たちと別れたように。

感傷的な気持ちで溜め息をついた透弥は、窓の外に見知った人影を見つけ、「あれ？」と首を傾げた。街に続く道を、ギルバートがランタンを片手に歩いている。屋敷で着ていた服に、長剣を差しただけのシンプルな格好だ。

「ギルバート！　どこに行くんだ？」

窓の縁に手を置いて声を張り上げると、ギルバートが振り返った。なにかを言っているがよく聞こえない。屋敷の正面には門番がいたので、大きな声は出しにくいのかもしれない。

　ギルバートは少し考える素振りを見せると、左手で持ったランタンの前に右手をかざした。指先がちょいちょいと動く。ここまで来い、ということらしい。

　なんだろうと思いつつ、透弥は正面玄関に向かった。ギルバートは一度屋敷内に戻ってきたようで、玄関扉の横に背中を預け、腕組みをして透弥を待っていた。

「街に観光に行くつもりなんだが、トウヤも一緒に行くか？」

「え？　いいの？」

　まさかギルバートから誘ってもらえるとは思わなかった。親しくなりたがっているのは自分だけかと考えていたのだ。胸の内にぱっと花が咲いたような気持ちになる。

「デズモンド伯爵には話をつけておいた。従者に案内させると言われたが、領民の生活を自由に見て回りたいから不要だと断った」

　淡々とした調子で説明しながら、ギルバートは壁から背中を離し、周囲に目を走らせた。口許に手を添え、「屋敷の外でまで伯爵の関係者と一緒なんて面倒くさいだろ」と耳打ちする。正直な感想に透弥も忍び笑いを漏らした。

「ギルバートがいいなら僕も一緒に行きたい」

「いいもなにも、俺から誘ったんだ」

　玄関扉を押し開け、ギルバートと並んで夜の道を歩き出す。コカトリスの一件でパーティが分断された際、クリフと二手に分かれたことを除けば、ギルバートと二人になるのはこれが初めてだった。

「意外だな。招かれた屋敷を抜け出すなんて真似、トウヤはしないかと思っていた」

ランタンの明かりが揺れる中、すぐ横でギルバートが漏らした。

「まあ、基本的にはしないよ。でも夜に外出するのってちょっとわくわくしない？　野宿とはまた違って、今夜は屋根の下で眠れるって分かった中で出歩くのが楽しいっていうか」

「確かに」

子供っぽいと呆れられるかと思ったが、意外にもギルバートは納得してくれた。それだけで妙に胸が弾む。彼もこの瞬間、少なからず心を躍らせているのかもしれないと思うと、自然と口角が上がった。

「あと俺は小腹が減った」

「夕飯をご馳走《ちそう》になったのに？」

「大音量で音楽が流れて、それに劣らない大きさで伯爵もベラベラしゃべり続けて、料理はどれもこれも自分が主役ですって顔をしてるんだぞ？　すべての主張が強すぎて食欲が失《う》せた」

「分かる」

今度は透弥が反射的に頷いた。「ぶはっ」とギルバートが噴き出し、「認めるのかよ」と白い歯を覗かせて笑う。その表情に視線を奪われた。

猛禽類を彷彿とさせる目許が細くなり、普段よりもずっと年相応な印象になる。

（微笑むくらいは何度もあったけど、ギルバートがこんなにはっきり笑ったのは初めてだ）

そわそわした気持ちで歩を進めているうち、大通りにたどり着いた。石畳の道の両脇には大小様々な店が軒を連ね、その手前に数え切れないほどの露店が並んでいる。夜にもかかわらずいまだたくさんの人が行き来していて、冒険者と思《おぼ》しき人も多く見られた。

街の活気の一端を担うのが、クラスパイアの名産である光彩石だ。

赤、青、黄、緑、紫……。手のひらサイズの石は様々な色があり、内側からぼんやりと光を放っている。それを網に入れたり、穴を開けて紐《ひも》を通したりして、照明代わりに露店の軒先に吊るしていた。

漆黒の空に色とりどりの光はよく映え、街全体を華やかに彩っている。

「すごい賑わいだね。なにか祭りをやっているわけじゃないんだよな？」

声を弾ませる透弥に、ギルバートもどこかそわそわした様子で頷く。

「クラスパイアは眠らぬ街と呼ばれているからな。俺も詳しくはないが、多分これが普通なんだろ」

露店には様々な商品が並んでいた。女性向けの装飾品や生活雑貨の他、食欲を誘う香りを漂わせる店もある。鉄板で焼いたハーブ入りのソーセージや、分厚いベーコンとトマトを挟んだキツネ色のパン、蜂蜜をたっぷりかけたふわふわの焼き菓子。

デズモンド伯爵の屋敷では湧かなかった食欲が、唐突に顔を覗かせて透弥を誘惑した。

「これは目移りしちゃうな」

「寄りたい店があるなら声をかけろよ。ぼんやりしてるとトウヤはすぐ迷子になりそうだからな」

「ギルバートは僕を何歳だと思ってるんだ……？」

透弥が胡乱《うろん》げな顔を向けると、ギルバートはおかしそうに肩を震わせた。人々が行き交う大通りを、ギルバートと一緒に散策し始める。

食欲の赴くままに屋台をチェックしていた透弥は、通行人とやけに視線がぶつかることに気づいた。クラスパイアの住民以外も多く出入りしているようなので、他所者だからという理由で目立つことはないと思っていたのだが。

しかし彼らがひそひそと漏らす言葉で、自分が見られているわけではないと察した。

「あの人、英雄のご子息の……」

注目を集めていたのはギルバートだと分かり、急激に胸がざわめく。騎士たちが流したと思われるギルバートの悪評は、一体どこまで広まっているのだろう。せっかく楽しい気分で散策しているのに、彼に不快な思いをさせたくなかった。

透弥は彼らの会話に耳をそばだてながら人混みを進んでいく。

「お父様が、勇者様とともに王国を救った英雄なんだろう？」

「アーロン様のご活躍で爵位を得られたのよね」

「お父上の血を引いて、剣術に優れていると聞いたぞ」

少なくともギルバートを悪く言う声は聞こえてこない。透弥は密かに息をつくが、同時に、とある事実にも気づいてしまった。

（あの人たちが口にしてるのって、全部……）

ギルバートの様子をうかがおうとした透弥は、はたと足を止めた。

「あれ？　ギルバート？」

すぐ横を歩いていたはずのギルバートが、いつの間にかいなくなっていた。注意力が散漫になっていたせいで、うっかりはぐれてしまったようだ。透弥は慌てて周囲を見回すが、絶えず動き回る人の中で目当ての人物を見つけるのは至難の業だ。

（どうしよう。どこか目立つところに移動したほうがいいか？　それとも下手に動き回るべきじゃないかな）

透弥がおろおろと視線をさまよわせていると、人混みの中で唐突に腕を取られた。シャツの上からぐっと握られ、驚いてそちらに顔を向ける。

物盗《と》りか、と咄嗟に身構えたが、すぐそばに立っていたのは今まさに捜していた人物だった。

「よかった、いた」

透弥と目が合うと、わずかに息を乱したギルバートがやわらかく表情を崩した。心底安堵するような、温かさが滲み出た顔。自然と湧き上がった笑み。

「本当に迷子になってどうすんだよ。世話の焼ける勇者様だな」

言葉とは裏腹に、潜めた声音は穏やかだ。透弥は口を半開きにしたまま身動きが取れなくなる。縫いつけられたように、ギルバートから視線を離すことができない。

彼がこんなに優しい顔をする人だとは知らなかった。

「ほら、行くぞ」

腕から滑らせた手のひらが、透弥の手をしっかりと握る。そのままの格好でギルバートは再び歩き始めた。シャツ越しだった体温が手のひらを通じて直接触れ合い、透弥はひどく混乱した。

「な、なんで、手……」

「迷子になった奴に拒否権はないからな」

はっきりとした口調で告げられ、透弥はどんな反応をしたらいいか分からなかった。

ギルバートと手を繋《つな》ぐのが嫌なわけではない。ただ、ギルバートは多くの人に顔と名前を知られているのだ。男同士で親密にしている姿を見られたら、また面白おかしく噂されてしまうのではないか……と、それだけが気がかりだった。

（ネスティニア王国って、性別によって恋愛の制限はある国だっけ？　禁止ってことはなかったような気がするけど……）

頭を過《よぎ》った内容に、透弥は沈黙ののち慌てふためいた。

（って、いやいやいや！　どうして恋人同士に見られることが前提なんだよ！　友達同士だって手を繋ぐかもしれないだろ。日本でだって、ベロベロに酔った学生が友人に手を引っ張られてる姿をよく見るし……あっ、僕が酔った振りをすれば自然なんじゃないか？）

好奇の目が集まるのを感じ、透弥はますますパニックに陥る。必死に考えを巡らせていると、振り

返ったギルバートがふっと笑い声をこぼした。

「また一人でぐるぐる考え込んでんだろ」

図星をつかれ、ぎょっとする。出会った当初は、透弥になどちっとも興味がなさそうな顔をしていたくせに、本当に心の機微に敏感だ。

ギルバートがおもむろに周囲を見回すと、周囲にいた人々がさっと目を逸らした。自分たちを見ていたことが丸分かりの反応なのに、彼が動揺する様子は微塵もない。

もう一度透弥に顔を向けると、ギルバートは楽しげに口角を上げた。悪戯を企《たくら》む子供のような顔だと思った。また一つ知った、初めて見せる表情だ。

「あれこれ妄想して言いふらしたい奴らには、勝手に言わせておけばいい。知りもしない奴らに陰でなにを言われようが、俺の人生に小指の先ほども影響なんて出ないからな」

迷いのない口調で告げ、ギルバートは人混みの中を堂々と進んだ。その自信に満ちた姿に、余計な考えばかりを巡らせていた透弥も、徐々に落ち着きを取り戻していく。

(ギルバートは、いつも僕一人では思いつかなかった答えをくれる)

必要以上に周囲に気を遣い、なあなあな態度でやり過ごしてきた透弥を、ギルバートは叱ってくれた。本音を呑み込まず、意見があるならきちんと口に出せと言ってくれた。

他人の目など気にしない、揺らぐことのない信念を持つ彼に、最初から好感を抱いていた。自分にはないものを持っている人だと思った。だからこそ冷たく突き放されても、自分本位に見える言動をされても、彼を嫌いになどなれなかった。

一方的に引かれていた手を、透弥からもぎゅっと握り返す。ギルバートは一度振り向きかけたが、「あの店に寄ってみるか」と素知らぬ振りをし、自然な調子で街を歩いていた。


屋台飯を堪能し、せっかくだからと光彩石をいくつか購入した。それを革の袋に入れて手に提げ、満足するまでクラスパイアの街を散策した二人は、大通りをあとにした。

人通りが減ってはぐれる心配がなくなると、繋いだ手が離れていく。それが妙に寂しかった。透弥は羽織の下で右手を開いたり閉じたりして、ギルバートの手の感触を思い出していた。

「人混みの中を歩いて疲れたか？」

ギルバートは歩調を落として隣に並び、横目で透弥をうかがった。控えめな調子の問いだ。

「平気。冒険で随分鍛えられたからね」

「それなら、もう少し外でゆっくりしてから帰るか」

「……！　うん、そうしよう！」

ギルバートともっと二人で話したいな、と考えていたところだったので、彼から誘ってもらえたのが嬉しかった。今日は本当に、浮かれてばかりいる気がする。

休憩できる場所はないか探していると、街の東側に人気《ひとけ》のない広場を見つけた。中央広場には多くの露店が並んでいたが、こちらは西洋風の東屋《あずまや》であるガゼボが設置されているだけだ。

ガゼボは白い柵で囲われ、円錐《えんすい》形の屋根の下にはベンチが設置されていた。日陰を提供するだけでなく、休憩所としての機能も兼ねているらしい。

中に入り、ギルバートと並んでベンチに腰を下ろすと、透弥は光彩石を背後の柵に並べた。緑・青・黄の光彩石は、ぼんやりと光を放ち二人を照らす。

「気を遣わせて悪かったな」

幻想的な石を眺めていると、ギルバートが前触れなく切り出した。彼の横顔をまじまじと見て、透弥は目を瞬かせる。

「僕もまだ伯爵の屋敷に帰る気にならなかっただけだよ」

「そうじゃなくて、街中でのことだ。トウヤにも聞こえてただろ？　俺を見て、親父の話ばかりする人たちの声が」

背もたれに体を預け、ギルバートは静かな口調で言った。その目は虚空に向けられたまま透弥を見ない。透弥もまた、「うん……」と躊躇いがちに答えて顔を正面に戻した。

ギルバートはあれほど注目を集めていたのに、ひそひそと囁き合う人々は、彼の中にあるアーロンの面影しか見ていなかった。「勇者とともに王国を救った英雄」という言葉だけが一人歩きし、当の本人が現役を退いた今、それは息子であるギルバートに付きまとっている。まるで呪いのように。

すっかりおとなしくなった透弥に、ギルバートはちらりと視線を寄越した。口角をわずかに上げると、腕組みをしてわざとらしく尊大な態度を取ってみせる。

「物心ついた頃からああなんだ。アーロンの息子、英雄の二世、伝説の剣士の血を引いた男……。どんなにちやほやされたって、誰も俺のことなんて見ちゃいないのは明白さ。……世間が求めているのは、親父の伝説を輝かせられる息子の図だ」

忌々しげに舌打ちをして語り出したギルバートだが、言葉の最後には諦念が滲んでいた。苛立つことにすら疲れてしまったのかもしれない。ずっとそんなふうに扱われながら、二十四年という年月を生きてきたから。

幼少期は、父親が王国の英雄であることを誇らしく思っていたという。しかし六歳にして剣術の師をつけられたとき、ギルバートは、無邪気に慕っていた父がいかに重たい存在かを悟った。

師は、初めて木刀を握った六歳の子供を見て、失望を露わにした。

『英雄の息子なのだから、天賦の才があるものだと思っていました』……と。

「ちょっと剣術に長けているくらいじゃ話にならない。俺は群を抜く腕を持ってなきゃならないんだ。伝説の男の血を引いているんだから当たり前だと」

「そんな……」

ギルバートが生まれながらに背負ってきた重責に、透弥は言葉を失った。勝手な期待と落胆を繰り返され、純粋な心をどれほど傷つけられてきたことだろう。

当然のごとく、ギルバートの性格は成長に従って捻くれていった。師をつけての剣術の練習は二年しか続かなかった。父が所属する騎士団になど、当初は入る気も起きなかったという。

「まあ、でも」

と、ギルバートは一度透弥に目を向けた。少し悩む素振りを見せ、まぶたを伏せて短く息を吐く。ヘーゼルカラーの目に再び透弥が映し出される頃には、幾分かすっきりした顔になっていた。

「色々考えて、やっぱり騎士団に入ろうと決めた。様々な武器を試してみたのは、親父とは違う武器を使って名をあげたら、少しは当てつけになるかと思ったからだ。なんだかんだで一番しっくりきたのは、親父と同じ長剣だったんだけどな」

　平民の子供たちとともに再び剣の修業に励み、騎士団の入団試験に合格した。そこで待っていたのは、やはり「英雄の息子のわりには大したことない」という評価だ。

　しかし悔しさをバネにがむしゃらに鍛錬を重ね、騎士団随一の腕前になると、今度は「英雄の息子なんだから当然だ」と言われる。

　結局、どんな結果を残したところで誰も自分を「ギルバート」としては見てくれないのだ。ギルバートは次第に、他人に理解されることを諦めるようになった。

「それでも騎士として野獣の討伐に当たるうちに、騎士の手が届かない人々の存在を知った。騎士団が派遣されるのは、貴族が住む大きな街ばかりだ。お貴族様がそんなにえらいのかと腹が立ったし、親父が王国を救った褒美として爵位を得たことも理解できなかった」

「なぜ辞退しなかったのかって？」

「ああ」

誉れが欲しいから誰かを助けるのではなく、ただそこに困っている人がいるから助ける。そんなギルバートの考えは、己の栄誉のために騎士団入りした貴族の子息たちには、到底理解されないものだった。

　規律違反を繰り返したのは、野獣に怯える人を助けたいという目的のためだ。しかし騎士団への反発心もまた、問題行動を起こした要因の一つであった。

「子供じみたやり方だよな。自覚はある。『英雄の名を汚してばかりの放蕩息子』……まさにそのとおりだ」

　首の後ろに手を当て、ギルバートは苦笑した。その横顔は、透弥の目にはどこか寂しげに映った。誰に認めてもらえなくてもいい……そう自分に言い聞かせていたはずの男がふいに見せた弱さに、胸の奥がひりひりと痛んで堪らなくなる。

　透弥は彼の手首に指を絡めると、その手を両手で包んだ。

「そんなことないだろ」

　皮膚が硬く、かさついた指を手のひらで感じながら、まっすぐギルバートを見つめる。

「完璧な方法じゃなくても、ギルバートに救われてる人は確実にいる。弱い立場の人を助けるために行動を起こした事実は変わらない。理想論ばかりを語ってなにもしない人に、ギルバートを咎める資格なんてないよ」

　光彩石に照らされたギルバートの瞳が、透弥の力強い言葉に揺れた。さらに続けようとして、けれど透弥は唇を結ぶ。

ギルバートを直視できず視線が落ちた。沈黙ののちにこぼれ出たのは、自己嫌悪に沈んだ声だ。

「……ごめん。えらそうなことを言ったけど、僕も最初はギルバートとアーロンを比べてた」

透弥もまた、頼りにしていたかつての仲間の面影を重ね、アーロンとの違いを見つけては身勝手な寂しさを覚えていた。アーロンが英雄だからではなく、初恋の思い出に縋っていただけなのだが、どんな理由であれ他の人と同じことをした。

ギルバートは他人の気持ちに敏感な人だ。あのときの透弥の落胆を、彼は少なからず察しただろう。

「でも」と透弥は顔を上げる。

「ギルバートと一緒に旅をする中で、アーロンの存在が頭を過る機会は確実に減っていった。表面だけを取り繕うんじゃなく、問題を根本から改善しようとする強さと優しさは、間違いなくギルバート自身の魅力だって気づいたから」

屋根がぱらぱらと音を立て始める。どうやら雨が降ってきたらしい。その音はあっという間に大きくなって、ガゼボにいる透弥たちと夜の街を分断した。

「今は、ギルバートだからこそ君を頼りにしてる。君がどんな血筋だとか、父親がどんな人だとか、そんなの関係ないよ」

目の前にいる男だけを見つめ、透弥は真摯な思いで告げた。ギルバートもまた、透弥から視線を逸らさなかった。ザーッ……という雨音に包まれながら、言葉もなく見つめ合う。

ギルバートが細く息を吐き出したかと思うと、顔を俯けた。そのまま透弥の肩に頭を乗せてくる。

金色の髪が頬に触れ、距離の近さにどぎまぎした。

「あ、の、ギルバート……？」

「肩くらい貸してくれ、勇者様」

強引さを感じる台詞なのに声音はやわらかい。甘えられているのだと気づくまで少し時間がかかった。いつもは自分がギルバートを頼る側だから。

一方的に握っていた手は、いつの間にかギルバートに握り返されていた。肩に預けられた頭、自分のものより大きな手。触れ合う箇所から彼の体温が流れ込み、そわそわするようなくすぐったいような、それでいて温かな気持ちが湧き上がる。

沈黙が落ち、透弥は所在なさからガゼボの外に目を向けた。雨に打たれて黒光りする石畳に、光彩石から放たれる三色の光が映り込んでいる。

「今までは、用事もないのに大きな街を歩く気になんてならなかった」

それまで無言で身を預けてきたギルバートが、唐突に口を開いた。脈絡のない発言に、透弥は「え？」と聞き返す。

「今日みたいにじろじろ見られて、親父の名前を出されてうんざりする。その光景が想像できたからな。でもトウヤと一緒に旅をするうちに、まあそれでもいいかと思うようになった」

「……どうして？」

首を傾げる透弥の肩口で、ギルバートが身じろいだ。顔の位置をわずかにずらし、目だけを上向けて透弥を見つめる。近距離で視線がぶつかり、ドキッと心臓が跳ねた。

「どうしてだろうな？」

答えるつもりはないのだろう。ギルバートは楽しげに口角を上げた。目を細め、狼狽《うろた》える透弥を観察しているのが分かる。

ずるい顔だと思う。年上をからかう表情だ。そんなギルバートに、まんまと動揺させられ頬を染めてしまうのが悔しい。胸の内を乱されるのが、とても。

けれど一方で、彼の新たな顔を知れたことに、透弥は震えるほどの喜びを抱いていた。近寄りがたいと思っていた年下の騎士の、案外と脆《もろ》く人間くさい一面を、もっと見せてほしいと願う自分がいる。

（……いつかはギルバートとも離れる日が来るのに）

その瞬間を想像するだけで、針でちくりと刺されるように胸が痛んだ。彼と親しくなればなるほど、別れのつらさは大きくなっていくはずだ。

そう理解しているのに、ギルバートに甘えられるのが嬉しくて、彼と距離を取ることができない。

どこに目をやればいいのか分からず、雨が上がるまでの間、透弥は明後日《あさって》の方向に顔を向け続けた。

胸がトクトクと音を立てていることを、ギルバートに気づかれないよう祈りながら。

クラスパイアを発《た》ってから一週間。魔法陣を使いつつ、道中にある小さな村の野獣被害を確認してから王都に戻った透弥たちは、国王と謁見して旅の報告をした。

最果ての森で魔獣と遭遇したものの、魔王城は再建されていなかったこと。それから、魔王城跡地から持ち帰った、真実の石と思われるものも提出した。

「石の正体は学者に鑑定させよう。魔獣の出没調査は騎士団に引き継がせる。次の指示があるまで、皆ゆっくり羽を休めよ。長旅、ご苦労であった」

国王のその言葉で、透弥たちのパーティは一時解散となった。透弥とララは王城内の客室を与えられたが、ギルバートとクリフは騎士団の寮に戻るらしい。

「なんかちょっと寂しいよな……」

城下町にある食堂で昼食を取りながら、透弥はぽつりと漏らした。透弥の正面に着いたララとクリフ、隣に座ったギルバートの視線が一斉に注がれる。王城での報告会が長引いたこともあり、昼飯時のピークが過ぎた店内は人もまばらだった。

「魔獣が現れた原因も分かってないんだし、どうせ間を置かずまた集められるわよ。今回の件が解決するまで、トウヤは当然だろうけど、わたしにまで王都を離れないよう指示があったもの」

「私たちも勇者様の護衛が最優先なので、今後の方針が決まるまでは内勤になるそうです。時間を合わせればこうして一緒に食事もできますよ」

クリフも一緒になって励ましてくれるが、透弥の心は晴れなかった。ギルバートは分厚いステーキを黙々と口に運んでいる。

「分かってるけど、でも、朝起きてから夜眠るまでみんなと一緒に行動するのに慣れちゃってたからさ。それがなくなるんだと思ったら、やっぱりしんみりしちゃうっていうか」

パーティ最年長なのに子供っぽいだろうか、と思いつつ素直に心情を吐露すると、ララとクリフが顔を見合わせた。それからしみじみと頷き合う。

「可愛い……」

「可愛いですね……」

「へっ？」

「トウヤの素直さは大きな魅力の一つだわ」

「大きくなってもこの純粋さを忘れないでほしいですね」

「すでにいい大人だよ！」

幼子を見守る親戚のような発言に、透弥はツッコミを入れざるを得ない。一人静観するギルバートに、ララが「あんたもトウヤを慰めてあげなさいよ」と人差し指を突き立てた。

ギルバートは逡巡ののち、付け合わせのブロッコリーをフォークで掬《すく》った。それらを透弥の皿にひょいっと移す。

「たくさん食え。腹が減ってるから悲観的になるんだ」

「いや、ブロッコリーが苦手なだけだろ！　さりげなく僕に押しつけようとするなよ！」

ギルバートまでこれである。

以前は冷静沈着なギルバートがパーティのまとめ役に回ることが多かったのに、最近では飄々《ひょうひょう》とした言動で透弥をからかう場面が増えた。透弥たちのやりとりを見ていたララが、両手で頬杖をつき不思議そうな顔をする。

「意外だわ。ギルバートにも食べ物の好き嫌いがあったのね」

じっとギルバートを見つめ、それから透弥に視線を移した。思案する様子で口を閉ざしたと思ったら、唐突に目を細め「ふーん？」と心得顔をする。

「孤高の狼も、心を許せる飼い主を見つけたってことなのかしら」

「どういう意味だよ」

「女の勘は鋭いってこと」

「ライナスは男性ですけどね」

「てめえの配慮のなさは間違いなく騎士団一だぜ、クリフ」

最後はララとクリフの恒例の会話になって幕を閉じた。なんだかんだで仲がいい二人を微笑ましく思いながら、透弥はさりげなく隣の男をうかがう。

（確かに、前は野菜でもなんでも全部食べてたはずだよな）

旅の中でギルバートと少しずつ打ち解けてきたが、クラスパイアの街を二人で歩いた日以降、彼との距離がぐっと近づいたように思える。それが透弥は嬉しかった。揶揄《やゆ》されれば怒った振りをするが、親しい間柄ゆえのやりとりに、内心浮かれている自分がいた。

　視線に気づいたギルバートが、フォークを持ったままじっと透弥を見つめ返した。

「今の俺の任務はトウヤを守ることだ。少なくとも、一日一回は顔を見にくるさ」

だから寂しがらなくていい——そう言いたいのだろう。素っ気ない調子だったが、ギルバートの頬はわずかに赤らんでいて、照れているのが伝わってくる。

　透弥の視線の意味を読み間違えたギルバートにきょとんとして、けれどその気遣いが嬉しくて、透弥は「うん！」と相好を崩した。見守られる側だったはずのララとクリフが、いつの間にか透弥たちに温かな眼差しを寄越している。

「よっ、新生魔王討伐隊の諸君。腹いっぱい食ったか？」

和やかな空気の中、声をかけてきたのはアーロンだった。いつの間に入店していたのだろう。

　上官の登場にクリフは慌てて居住まいを正した。一方で、ララは「ネスティニアの英雄……！」と目を輝かせる。その様子に、やっぱりアーロンってかなりの有名人なんだな、と実感した。ギルバートは先ほどまでの穏やかな雰囲気が一変し、露骨に嫌な顔をしている。

　アーロンは店員に飲み物を注文すると、無人のテーブルから椅子を引っ張ってきた。透弥に対し直角の位置に座る。

「まずは無事の帰還、お疲れさん」

と、ララやクリフも交えて雑談をしたのち、透弥に顔を向けた。

「トウヤが持ち帰った石、俺も見てきたぜ。確かにありゃあナフィリィが生み出す石に似てたな」

「アーロンもそう思う？」

かつての仲間の言葉に、透弥は思わず前のめりになった。自分たちが口を出す場面ではないと思ったのか、ララとクリフはおとなしくなり、透弥とアーロンだけの会話になる。

「ナフィリィはどうして魔王城跡地になんて行ったんだろう」

「あそこに行けばトウヤに会えるって思ったんじゃないか？　魔王城ってある意味、俺たちにとって一番強烈な思い出の場所だろ。あいつ、トウヤに懐いてたもんな。トウヤが元の世界に帰還するときも泣きじゃくってたし」

「そうだったね……」

ナフィリィはいつも透弥の周りを元気に飛び回っていた。片言の幼げな話し方をし、頭を撫でてやると、長い耳をぱたぱたと動かして喜んだ。

『トーヤ、だいすき。トーヤと、アーロンと、みんなで冒険するの、ナフィリィだいすき！』

それが、ナフィリィがはしゃいでいるときの決まり文句だった。

真実の泉は東の山の山頂付近にある。ナフィリィは絶対に真実しか語らないという特性を持つが、答えられるのはイエスかノー、有りか無しかといった二択のみだ。投げかける質問を絞ったうえで、険しい山道を歩きようやく真実を問う権利を得る。場所柄、軽い気持ちで会いにいける精霊ではないのだ。

そのため、ナフィリィは人懐こい性格にもかかわらず、長い間独りぼっちで生きていた。初めてできた仲間の存在が、ナフィリィにどれほど喜びを与えたのかが、あの台詞からうかがえる。

（結局、魔王の復活は確認できなかったわけだし、自由に動けるうちにナフィリィに会いにいけばよかったな。せっかくネスティニア王国に戻ってきたんだから）

魔王復活の真偽を確かめるのが最優先事項だったため、大幅な遠回りをしてまで真実の泉に立ち寄ろうとは考えていなかった。

それに、透弥の帰還後はナフィリィが泉に戻ったと聞き、正直にいえばほっとしていた。透弥と別れる際、大粒の涙を落としていた姿は、何度思い返しても胸が苦しくなる。そんなナフィリィも、自分の気持ちに折り合いをつけ、きちんと日常に戻れたのだと思って安心した。

けれど本当は、ナフィリィは今もなお、少なからず寂しさを抱えているのかもしれない。透弥が十年という歳月を現代日本で過ごしながら、ネスティニア王国での思い出を、ずっと心の拠《よ》り所にしていたのと同じように。

（二択で答えられる質問なら、「魔王は復活したのか、していないのか」ってナフィリィに聞けばいいのかも。それなら真実の泉に足を運ぶ口実になる。魔獣の問題は解決してないけど、懸念事項を一つ減らせるのは確かなわけだし）

透弥があれこれ考えを巡らせる中、アーロンは運ばれてきた飲み物を手に、上機嫌で話しかけてくる。

「いきなり召喚して、またすぐに冒険に駆り出しちまったけどよ。こうしてトウヤと再会できたんだ。トウヤも酒が飲める年になったんだし、待機期間のうちに酒場で落ち合って、積もる話でもしようぜ」

十九歳の青年だったときと同じ、屈託のない笑顔を見せ、アーロンは透弥の肩を抱いた。誰とでも距離が近いアーロンの、親しげなスキンシップは相変わらずだ。

直後、透弥の右隣でガタンッと音が鳴った。全員の視線がギルバートに集まる。テーブルに手をついて勢いよく立ち上がったギルバートは、眉間に深い皺を刻んでいた。

「先に騎士団本部に戻る」

低い声で手短に告げ、食器を持ってテーブルを離れる。その豹変ぶりに透弥は戸惑った。アーロンと折り合いが悪いことは知っていたが、今の今まで我慢して同席していたのに。

「ギルバート」

思いがけずアーロンが彼を引き留めた。実の息子から露骨に避けられても涼しい顔で、いまだ透弥の肩を抱いている。おもむろに振り返ったギルバートは、獲物を射貫く猛禽類のような目を父に向けた。

「本部に行く前に登城しろ。採寸の必要がある。もちろん、トウヤたちも全員な」

「採寸？」

ぱちぱちと目を瞬かせる透弥に、アーロンはニヤリと笑う。

「誰一人欠けず帰還した勇者たちは、盛大に出迎えられるものさ」

という言葉に、透弥たちはきょとんとして首を傾げた。


アーロンの言葉の意味を正しく理解したのは、透弥たちが王都に戻ってから五日後のことだった。

王城の広間で、勇者一行の帰還を祝う立食形式の夜会が行われたのだ。

招待されたのは、勇者への協力要請を受けていた貴族たちだ。なかなか急なスケジュールでの開催だが、大半の貴族が参加の返事を寄越したと聞く。王国を守るため再び異世界からやってきた勇者を讃え、労《いたわ》るように……という国王陛下からのお触れがあったらしい。

巨大なシャンデリアの下では、音楽隊が優雅な演奏を披露している。その中心で、透弥は入れ替わり立ち替わりやってくる貴族と挨拶を交わしていた。

体に添うデザインのジャケットとスラックスは白と緑の配色で、胸元や袖口にはシャンパンゴールドのパイピングが施されている。首元を飾るクラバットと、肩から垂れた丈の短いマントが優雅な印象だった。どれもこれも、今夜のために急遽《きゅうきょ》仕立ててもらったものだ。

ララとクリフも同様に、豪奢な衣装に身を包み、魔王城への冒険譚《たん》を聞きたがる招待客の相手をしていた。透弥に次ぎ、多くの人を集めているのはギルバートだ。その姿は招待客に埋もれ、透弥の位置からは確認できないものの。

クロスが敷かれた円卓が各所に設置され、ワインで煮込んだ牛頬肉や、色とりどりの野菜とチーズを串で刺したピンチョスが並べられていた。それなのに透弥は皿を手にする余裕すらない。

（お、お得意様の接待は、さすがに営業事務の業務から逸脱しすぎてると思う……！）

会社員として働いていたことを思い出し、透弥は心の中で悲鳴をあげる。しかし残念ながらネスティニア王国では「勇者」という超特大花形役職だ。開始してすぐに客に囲まれ、愛想笑いとおしゃべりを続けている透弥はすでに疲弊していた。

（ううっ、お腹空いたなあ……喉も渇いたし、いい加減飲み物を取りにいきたい）

乾杯の際に渡されたグラスはとっくに空だ。なんとかスマートに会話を切り上げられないものかと思っていると、周囲にいた人々の視線がふいに透弥から外れた。

彼らが見ている方向に顔を向けると同時に、すぐ横に男が身を滑り込ませてきた。彼は流れるように透弥の腰を抱く。広間の中で、透弥以上に注目を集めていた人物――ギルバートだ。

「ご歓談中のところ失礼します。少しのお時間、勇者様をお借りしても？」

滑らかな弁舌は普段の素っ気ない調子からは想像もつかないものだ。口許には淡い笑みをたたえている。他所行きの表情だと分かっているのに、年若い令嬢たちと同じように頬を赤らめてしまうのは、ギルバートの出《い》で立ちのせいだろうか。

騎士団の制服をイメージして作ったのだろう。金と銀が混じった美しい髪を引き立てるのは、張りのある青地の布で作った衣装だ。直線的なデザインは彼の長身を際立て、髪と同じ色の肩章や飾緒がより高貴な印象を与える。

最初から端整な顔だとは思っていた。それでも豪奢な衣装に身を包むと、ギルバートの男としての色香が何倍にも増し、妙に心臓が騒いでしまう。大きな手が腰から離れないことや、彼の厚い胸板に肩が触れているのもよくない。

招待客もぽーっとした眼差しをギルバートに向け、それから我に返った様子で頷く。

「あ、はい、もちろんです！」

「ありがとうございます。今夜はごゆるりとお楽しみください」

ギルバートはそつのない笑みを見せ、透弥を人だかりの中から連れ出した。いまだ腰を抱かれているせいか、遠くにいた人たちの視線まで集中する。

「あの、ギルバート……？」

「客の相手ばかりでちっとも休めてないだろ。少しは腹に入れておけ」

潜めた声はいつもの彼のものだ。ほっと肩の力が抜けるのに、胸はドキドキと高鳴ったままだ。

（たくさんの人たちがいるけど、今夜、ギルバートのこんな声を聞けるのは僕だけなんだ……）

奇妙な優越感に浸っている自分に気づき、透弥は慌ててかぶりを振った。乾杯用の少量のワインで酔ったのだろうか。

ギルバートにエスコートされ、料理が並ぶテーブルにたどり着いた透弥は、ようやく夕飯にありつくことができた。ローストビーフやら野菜のグラッセやらを皿に盛り、どんどん口に放り込む。どの食材も最高級の品だと分かるが、なによりも空腹が料理を何倍にもおいしくしていた。

堪らず「くうっ」と呻《うめ》く透弥に、ギルバートは口許に拳を添えて笑った。その表情に、透弥はごくりと喉を鳴らして牛肉を飲み込む。

「庶民派の勇者様として人気が出てしまいそうだな」

「悪い意味でしょ、それ。平凡に生きてきた二十六歳に、優雅な所作で食事なんて無理だよ」

「別に批判したわけじゃない。だができるだけ俺に隠れて食べろ」

「批判してるじゃないか」

どうせ夜会仕様の食事マナーなんて身についてませんよ……と透弥は唇を尖《とが》らせた。その様子にギルバートはくすりと笑い、透弥の頬に手を伸ばしてくる。顔の横の髪を、指先でそっと耳の縁にかけた。

「そんな無防備な顔を晒していたら、男女問わず人が寄ってきそうだから、他の奴に見せるな……と、そういう意味だ」

潜められた声が呼気とともに肌に触れ、透弥はボッと頬を燃やした。心臓がバクバクと騒ぎ、食事どころじゃなくなる。硬直する透弥のそばで、ギルバートはどこか楽しそうな様子だった。

多分、護衛をするのが大変だからという理由だろう。分かってはいるのに、勘違いしそうになる。まるでギルバートが独占欲を剝《む》き出しにしているようで。

（ギルバートのほうがよっぽど人を寄せつけてるだろ）

現に、令嬢たちの熱い視線はいまだギルバートに注がれたままだ。妬みによる悪評が流されたとしても、ギルバートが騎士団随一の精鋭である事実は変わらない。おまけにこの目を引く容姿だ。多くの乙女が心を奪われるのも納得できる。

そんなことをつらつらと考えていた透弥は、おもむろに周囲に目をやり、「あれ？」と戸惑いを見せた。一応勇者である自分と、将来有望な騎士が一緒にいるのに、いつまで経っても誰も近寄ってこないのだ。別々に客の相手をしていたときは、簡単には動けないほど人だかりができていたのに。

「どうした？」

腕組みをしたギルバートが小さく首を傾げる。美しいヘーゼルカラーの目を見つめ返したところで、透弥はようやく気がついた。

ギルバートが自分以外を見ていないのだ。透弥の他にはなにも興味がないという顔で、周囲の人々をシャットアウトしている。これだけ分かりやすく二人の空間に入られてしまえば、確かに声をかける隙などないだろう。

食堂でララが口にした、「飼い主を見つけた狼」という言葉を思い出し、透弥はもう誤魔化しようもなく耳まで真っ赤になった。体温が上がり、背中に汗をかく。

（これは、もしかして……本当の本当に、独占欲……？）

頭に浮かんだ可能性に、ぎゅーっと胸が締めつけられる。透弥は堪らずそこに拳を置いた。

透弥をエスコートしたときの立ち居振る舞いはスマートだった。父親が褒賞として爵位を得たことにギルバートは納得していない様子だったが、幼少期に貴族としての教養を身につけた結果だろう。

貴公子然とした姿はギャップがあって、思わず目を奪われた。

けれどそんな彼が、自分にだけは我が儘を言ったり独占欲を見せたりするのだと思うと、どうしようもなくときめくのだ。

（いや、なに考えてるんだ。ギルバートは旅の仲間で、アーロンの息子だろ）

こんなときにだけアーロンの存在を引っ張り出すのはずるいと思う。けれど障害になり得るものを用意しないと、進入禁止の道に気持ちが転がっていきそうで怖かった。この年下の騎士を、格好いいな、可愛いな、と思ってしまうことが。

必死に深呼吸して心を落ち着けていると、唐突に招待客がざわめいた。人々の視線が広間の入り口に集まる。多数の騎士を従えて現れたのは、第一王子である王太子だった。

侍従が音楽隊に合図を送ると、演奏が止《や》み、広間に静けさが満ちる。

「お集まりいただいた方々に、国王陛下に代わり感謝を申し上げる。まずはネスティニア王国の平和のため尽力してくれている伝説の勇者、トウヤ・マキノと、彼の護衛役を担う三名の戦士の、無事の帰還を祝いたい」

透弥と似たような年の頃の王太子は、朗々とした声で告げた。途端に盛大な拍手が湧き起こり、透弥は気恥ずかしい思いで会釈する。

拍手が落ち着くのを待って、王太子が「それでは次に……」と切り出した。

「秋に行われる建国記念式典に合わせ、私の専属護衛騎士を選出する件についてだ。騎士団の中から候補者を募っていたが、このたび、正式にその人員が決定した」

思いがけない発表に集まった人々がどよめいた。王太子の説明によると、専属護衛騎士は候補者の中から七名選出され、国王に即位したのちも引き継がれるという。つまり今夜発表されるのは、いずれ国王の専属護衛騎士となる面々ということだ。

（第二王子や第三王子の専属騎士もいるかもしれないけど、そういう意味では王太子の専属はやっぱり特別だよな）

「それでは、まず一人目……——」

丸めた羊皮紙を広げ、王太子が直々に名前を読み上げていく。そのたびに歓声があがった。拝命した騎士は高らかに返事をして一歩前に進み、胸に手を当て敬礼のポーズを取る。

発表は着々と進んでいき、とうとう最後の一人となった。誰もが固唾を呑む中、王太子は一呼吸置いてから口を開く。

「七人目の専属護衛騎士は……ギルバート・クロムウェル！」

その名前に、興奮と驚きが入り交じった声があがった。ギルバートの実力を考えれば当然だと考える者と、悪評が流れている彼を採用したことに戸惑う者とで、真っ二つに割れているのだろう。

透弥としてはもちろん、喜ばしい気持ちしかなかった。誰よりも真面目に鍛錬を重ね、ネスティニア王国を守ろうと尽くしてきたギルバートが誉れを得るのは嬉しい。王太子に認められたとなれば、彼を貶《おとし》めようとする者はさすがにいなくなるだろう。

「よかったね、ギルバー……」

しかし透弥が視線を向けた先で、ギルバートは困惑を露わにしていた。少なくとも、専属護衛騎士に任命されたことを誇らしく思っている表情ではない。

「俺は、王太子殿下の専属騎士には立候補者していない」

「え……？」

一体どういうことなのか、と二人が戸惑う中、王太子は胸を張って続ける。

「ギルバート・クロムウェルは、勇者の護衛任務の道中、凶暴な野獣に怯えるクラスパイアの人々を救ったという報告があがっている。彼の功績はそれだけに留《とど》まらず、冒険者を雇う資金がない貧しい地域の民を守るべく、今までも危険を顧みずに、たった一人で野獣討伐を行ってきたのだ」

熱弁を振るう王太子に、人々が「おおっ」と感嘆の声をあげた。「さすが騎士団一の剣術の使い手」「騎士の鑑《かがみ》だ！」という賞賛の言葉が聞こえる。

悔しげな表情を浮かべている騎士は、彼の悪評を流していた者たちだろう。ギルバートの規律違反の理由が、そんな立派なものだったとは想像もしていなかったに違いない。これでは彼が王太子の専属護衛騎士に選ばれたことについても、誰も文句は言えないだろう。

けれど透弥は、胸がすくどころかむしろ混乱していた。

（難易度が低い野獣の討伐報告を、わざわざ急ぎの手紙を送ってまで多忙な王太子殿下に知らせたのか？　いや……百歩譲ってそれはあり得たとしても、貧しい地域の人々を野獣被害から救っていた件は？　平民の声が王太子殿下まで届いたってこと？　僕たちが王都に戻るタイミングで？）

浮かび上がった疑問は、なに一つ解決しないまま頭の中でひしめき合う。ギルバートを讃える拍手に包まれる中、周囲に目を走らせた透弥は、不穏な気配を漂わせる二人に気がついた。

扉のそばでアーロンに詰め寄っているのは、夜会の中心人物の一人であるクリフだ。誰もがギルバートに注目しているために、透弥の他にその異変を察した者はいない。

アーロンはクリフを宥めるように背中をさすると、扉の外に出るよう促した。二人の姿が広間から消える。

「それでは、王太子殿下の専属護衛騎士に選出された七名は前へ……」

王太子の後ろに控えていた大臣の呼びかけで、騎士たちが王太子のもとへ向かう。当然、ギルバートも従わざるを得なかった。彼らの移動のどさくさに紛れ、透弥はこっそりと広間を抜け出した。

二人を追いかけてたどり着いたのは、廊下に面したホールだった。一面がガラス張りになっていて、昼間であればそこから見える中庭の景色に足を止める者が多くいる。しかし広間に客が集められた今は、人気がなくガランとしていた。

クリフとアーロンは窓際で向かい合っていた。口論というより、クリフが一方的に怒りをぶつけているように見える。透弥の位置からは、アーロンの表情をうかがうことはできなかった。

透弥は豪奢な花が活けられた巨大な花器の後ろに身を潜めた。彼らの会話に耳をそばだてる。

「なぜ専属護衛騎士の中に私の名前がなかったのですか？　協力した際には、専属騎士の選抜の際にいいように取り計らってくださるというお話でしたよね？」

　鬼気迫る表情のクリフを、アーロンは「まあまあ」と軽く往《い》なす。

「確実に王太子殿下の専属騎士にしてやると言ったわけじゃない。それに、俺たちの当初の目的は違うだろ？」

「……ギルバートの実力を国王陛下に認めていただき、信頼を回復すること……」

「そうだ。だからクリフに声をかけ、ギルバートの動きを逐一報告してもらった。おかげでギルバートの功績をこうして披露する機会が得られ、あいつの汚名を返上することができたんだ。クリフだって満足しただろ？　あんなにすごい騎士なのに、ギルバートが悪く言われるのはおかしいって、いつも俺にくだを巻いてたじゃねえか」

　滑らかな弁舌で語ったアーロンは、細く息を吐き出し、床に一度視線を落とした。なにか考えるように一度言葉を切り、「助かったよ」とぽつりと漏らす。「クラスパイア以外でも、思いがけず野獣討伐を買って出てくれてさ」……と。

　その発言で、アーロンの企ての全体像をなんとなく察した。

　デズモンド伯爵から依頼された、不自然な野獣討伐依頼。あの一件はアーロンによって仕組まれたものだったのだ。大方、「野獣被害があった場合は、騎士団の派遣要請や冒険者への討伐依頼は出さず、ギルバートに討伐させてほしい」とでも頼んだのだろう。クリフに現在地を知らせる魔道具を持たせれば、デズモンド伯爵とこっそり連絡を取り合い、大体の日程を調整できる。

　そうやって作り上げた功績をもとに、ギルバートを王太子の専属護衛騎士に推薦しようと考えた。剣術の腕は申し分ないが、付きまとう悪評のせいで候補から外されることを危惧したのだ。

「ですが……ギルバートは、私のためを思って勇者様の護衛役に指名してくれたんです。少しでも高い給金を得て実家を立て直せるよう、専属護衛騎士となる道を作ってくれた。……そんな彼の厚意にも応えられると思って、今回の件を引き受けたのに……ッ！」

　太股の横で拳を震わせ、クリフは絞り出すように悲痛な叫びを漏らした。アーロンは首の後ろに手を当て、ばつが悪そうに窓の外に目をやる。夜の闇に飲み込まれた中庭は、低木や花壇の輪郭をぼんやりと浮かび上がらせるだけだ。

「王太子殿下の専属騎士となる七名は、騎士団長や副団長、指南役の俺で事前にある程度候補を挙げていた。当然、そいつらは全員立候補するもんだと思ったが、一人手を挙げなかった奴がいたらしい。当時は勇者の召喚準備でバタバタしていたから、そいつが誰かを確認できたのは、クリフたちが王都を旅立ったあとだったが」

　専属騎士の候補を絞る中で例の魔獣出現情報があがり、王族や宮廷貴族、騎士団は混乱に陥った。二十六年前に魔王を討伐したメンバーで、唯一王都に残っていたアーロンは、騎士たちを引き連れ状況確認に奔走することとなった。

　再召喚した勇者に調査と討伐を引き継ぐことを決め、透弥に同行させる面々も確定させた。そのどさくさに紛れてギルバートの汚名を返上しようと企て、クリフに協力を仰いだ。候補として名前を挙げられながら立候補しなかった者の枠に、クリフを捻《ね》じ込んでやるという餌を撒《ま》いて。

「まさかそれがギルバートだとは思ってなかったんだよ」

アーロンは落胆した様子で溜め息を落とした。

ギルバートの思惑と、アーロンの思惑の両方を叶えるべく、クリフは水面下で動いていた。それなのに結局ギルバートの期待には応えられず、ただただ彼を裏切る形になった。ギルバートは、己の功績をひけらかすことも、専属護衛騎士となる栄誉も望んでいたわけではないのだから。

クリフは正直で気のいい青年だ。それでいて臨機応変な立ち居振る舞いは苦手としている。ギルバートに隠れ、彼の気持ちに反する行動を取ることは、大きなストレスだったに違いない。仲間として、ギルバートを慕っているからこそ、余計に。

腹の底から湧き上がる憤りに、透弥は唇をわななかせた。固く拳を握り、花器の陰から飛び出す。

「まあ、専属騎士はなにも王太子殿下に限定された役職じゃない。第二王子の専属騎士を選定するときにでも……」

「一体どういうことだよ」

なんとかクリフを宥めすかそうとするアーロンに、透弥は大股で近寄った。弾かれたように振り返ったアーロンは、透弥を見て息を呑む。抑えきれない怒りが全身から噴き出しているのだろう。いつになく語気が強くなっているのが自分でも分かる。

「わざわざデズモンド伯爵に協力を仰いで、功績を仕立て上げてまで、息子を王太子の専属護衛騎士にしたかったのか？」

透弥の剣幕に気圧され、アーロンが顔の前に両手を広げて制止した。

「仕立て上げたって……。ギルバートが野獣を討伐したのは本当だろ？　それに、クラスパイア以外の人々もギルバートは救っていた。それを間近で見ていたのは、トウヤ、お前なんじゃないのか？」

「少なくとも、ギルバートは栄誉欲しさに困っている人たちに手を差し伸べたわけじゃない！」

アーロンの悪びれない物言いが腹立たしくて、透弥は堪らず声を荒げた。

「身分なんて関係なく、誰かが困っていれば助けずにいられない。ギルバートはそういう人なんだ。けれど彼の優しさをこんな形で使ったら、最初からすべて専属騎士になるための功績作りだったようにしか見えなくなるじゃないか」

そんなふうに、ギルバートが助けられた人々から誤解されるのは嫌だ。けれどなによりつらいのは、ギルバートが己の行為を悔やむことだ。本意ではないにしろ、立場の弱い人々を利用する結果になってしまったと、今この瞬間も自己嫌悪に陥っているかもしれない。

誰にも頼れずに生きてきた心優しいあの人に、透弥はもう傷ついてほしくなかった。

「こんなの絶対に間違ってる。父親なのにどうしてそれが分からないんだ!?」

怒号を飛ばす透弥に、二人のやりとりを青い顔で見守っていたクリフが、たじろぐ様子を見せた。

「分かってねえのはトウヤだろ！」

苛立たしげに眉を寄せたアーロンが、ギリッと奥歯を噛みしめる。

「若いときは自分のことだけ考えりゃよかった。ただ剣を振るうのが楽しかったし、名誉も爵位も、『英雄』なんて大袈裟な呼び方も、もらえるもんはなんでももらっときゃいいと思ってた。それがのちに自分の子供を苦しめるなんて、誰が想像するよ!?」

それは、圧倒的な剣術の腕で人々を魅了し、気さくな言動で誰からも愛されたかつての天才剣士の、思いがけない苦悩だった。

ギルバートが幼い頃はよかった。冒険譚を語って聞かせると喜んで続きをねだり、『父さんみたいな立派な剣士になる！』と嬉しそうに宣言した。騎士として任務に明け暮れていたアーロンは、忙しい自分の代わりにと、名のある剣士をギルバートの師としてつけてやった。

けれど剣術の修行を重ねるにつれ、愛する息子から無邪気な笑顔が消えていった。剣士の素質がないわけではないのに、ギルバートはたった二年で剣を握ることをやめた。

一体なぜ……と戸惑いながらも、アーロンは息子が置かれている境遇に気づかなかった。「英雄の息子」という言葉が、予想の何倍も重くギルバートにのしかかっていることを悟ったのは、彼が騎士団に入団してからだった。

「どんなに腕を磨いても俺と比べられ、屈辱的な言葉を浴びせられるばかりだ。かといって、同じ騎士団に所属している以上、俺が庇えば余計にあいつの立場が悪くなる。そうこうしているうちにギルバートは俺と目も合わせなくなって、今じゃすっかり冷え切った親子関係だ」

自分のせいで茨《いばら》の道を歩むことになった息子に、なんとか手を差し伸べてやりたい。悩んだ末に思いついたのが、ギルバートを王太子の……次期国王の専属護衛騎士にすることだった。

「国王陛下の専属騎士に平民はいない。たとえ平民出身の騎士だとしても、選出された時点で、必ず一代限りの爵位・男爵の称号が与えられる。世襲制の爵位じゃないからこそ、自分の力であいつは『英雄』になることができる」

アーロンは胸の高さまで上げた手をぎゅっと握り、震える唇で弧を描いた。それはかつて目にした、頼りがいのある兄貴分の笑顔とはほど遠い。追いつめられた父親の、苦しげな表情だった。

透弥は力なく首を横に振る。

「……そんなの、アーロンの夢をギルバートに押しつけてるだけだ」

父親に対する劣等感と、誰も自分自身に目を向けてくれない苦しみの中で、ギルバートはもがいている。けれど、その冷たく濁った沼から抜け出す方法を知っているのは本人だけだ。たとえ親子であっても、勝手な口出しや、ましてや本人のあずかり知らぬところで功績を作り上げるなんてことはあってはならない。

透弥の凛《りん》とした眼差しに、アーロンが怯《ひる》む様子が見て取れた。

「こんなことをしたってギルバートは絶対に喜ばない。事の経緯を正直に打ち明けたうえで、王太子殿下の専属護衛騎士になりたいかどうかを本人に問うべきだ。立候補していなかったギルバートの名前を、勝手に候補者として追加したのはアーロンだろ？」

淀《よど》みない言葉で説得する透弥に、アーロンがぐっと唇を引き結んだ。透弥の顔を見ていられないようで、視線が落ちる。額には脂汗が浮いていた。

「もどかしく思う気持ちも、アーロンが負い目を感じているのも分かる。それでもギルバートを大切に思うなら、彼が自分自身で進むべき道を見つけるのを信じて待つべきじゃないか？」

透弥はぴしゃりととどめを刺した。途端に、広々としたホールが静かになる。

アーロンはいまだ俯いたまま、怒らせた肩を細かく震わせた。クリフは痛々しいものを見るような表情を彼に向け、それからそっと目を伏せた。

しかしアーロンはもうあとには引けなかったようだ。再び透弥に向けられた目は、燃えるような怒りに満ちていた。かつての仲間を前にしているとは思えない、忌々しげな眼差し。

「子供のいない奴になにが分かるってんだよ！　これは俺たち親子の問題だ、無関係の人間がしゃしゃり出ていい場面じゃねえ。トウヤは引っ込んでろよ！」

鋭い物言いで突き放され、透弥はひゅっと息を呑んだ。氷の刃《やいば》で突き刺されたような、冷たい痛みを胸の奥に感じる。

——透弥には関係ねえんだから、空気読んで引っ込んでろよ。

かつて言われた台詞が唐突に脳裏によみがえり、透弥の喉を凍りつかせた。反論したいのに、目の前で乱暴に扉を閉ざされると、それ以上踏み込むことができなくなる。親しい人に拒絶される恐怖が地の底から湧き上がり、足首に絡みついて透弥の動きを封じてしまう。

硬直する透弥の後ろから、足音が聞こえてきたのはそのときだ。

「自分を思っての忠告すら耳に入らないなんて、さすがに精彩を欠きすぎだろ、親父」

淡々とした調子で父親を諫《いさ》めるのは、広間にいたはずのギルバートだった。

ギルバートはまっすぐ透弥のもとへ歩いてくると、アーロンとの間に割り込んだ。広い背中に庇われ、透弥は無意識に詰めていた息を吐く。ギルバートが来てくれたことに安堵している自分がいた。

アーロンとクリフは、ギルバートの登場にひどく動揺していた。一体いつから話を聞かれていたのだろうと、戦々恐々としているのが伝わってくる。二人を一瞥《いちべつ》してからギルバートは口を開いた。

「今回の旅の中で、親父がなにか手を回しているらしいことは薄々分かっていた。オーガの討伐を依頼してきたデズモンド伯爵は、元々親父と交流があっただろ。それにクリフが時々、俺たちに隠れて紙の鳥を飛ばしていることにも気づいていた」

名前を挙げられ、クリフは大袈裟なほど肩を跳ねさせた。

それでもギルバートが、クリフに対する失望を見せる様子はなかった。後頭部を掻きながら思案し、ふっと息を漏らす。子供の悪戯に対し「仕方ない奴だ」とでも言うようなニュアンスだ。若干の呆れはあるものの、決して我を忘れるほど怒り狂っているわけではない。

ギルバートの視線が、旅の仲間から父親へと移される。

「親父」

折り合いが悪いはずのアーロンに対しても、ギルバートは声を荒げるような真似はしなかった。

「心配をかけたことについては謝る。……悪かったよ。だけどトウヤが言ったとおり、俺が歩むべき道は俺が決める。大勢に認められなくても、自分のことを分かってくれる仲間が一人でもいれば、それで十分だって気づいたから」

冷静に語りかけるギルバートは、どこか憑《つ》き物が落ちたようだった。出会った当初の刺々しさも、他人に理解されることを諦めた投げやりな空気も感じられない。透弥たちと同じ時間を過ごす中で、ギルバートにも少なからず心境の変化があったようだ。

（僕たちはいつの間にか、ギルバートの仲間になれていたんだな）

彼の変貌に気づいたのは透弥だけではなかった。呆然と息子を見ていたアーロンは、力ない笑みを浮かべたのち、ぐしゃりと前髪を掻き上げた。そのまま深くうなだれる。

「そうか……、……そうだったんだな……」

己の行いを悔いるように、アーロンはいつまでも顔を上げなかった。どんな言葉をかけるべきか分からずにいる透弥に、振り返ったギルバートが「行こう」と促した。背中を押され、二人でホールをあとにする。

「ああ、けど……そうだ」

ふと思い立った様子で足を止めたギルバートが、もう一度アーロンに目を向けた。おもむろに顔を上げた彼をまっすぐ見据える。

「トウヤを傷つけるような真似だけはやめてくれ。今の俺は、このお人好《よ》しの勇者様を守るためにいるんだ」

静かだが熱のこもった言葉は、アーロンだけでなく透弥の胸にも深く刺さった。それはアーロンに冷たく突き放されて傷ついたときとは違い、優しく温《ぬく》もってじわじわと全身に広がっていった。

ギルバートに連れていかれたのは、王城の前に広がる庭園だった。廊下をしばらく歩いたところに、王家に仕える従者が立っていて、心得顔で透弥たちを案内してくれたのだ。

白薔薇《ばら》が咲き乱れる庭園は甘い香りに満ちていた。幾重にもなった繊細な花びらが、月光に照らされ暗がりに浮かび上がる。暖色の乱形石《らんけいせき》を並べた小道を、ギルバートは透弥の手を引きながらのんびりとした歩調で進んだ。

「あの……いいの？　王城の庭園を僕たちだけで散歩して」

いくら騎士団の精鋭とはいえ、王族の住まいを我が物顔で歩く権利はないはずだが。

戸惑う透弥に、ギルバートが足を止め、体ごと振り返る。

「王太子殿下に許可をもらった。話をしたい人がいるから、二人きりになれる場所を貸していただけないかと伺ったら、この庭園を使うようにと」

「お、王太子殿下から直接？　いや、ちょっ……ちょっと待って。そういえば専属護衛騎士の件はどうなったんだ？　ギルバートも……っていうか僕も、こんなところにいていいんだっけ？」

王太子が直々に専属騎士を発表するという重要な場面で、透弥は様子がおかしいアーロンとクリフを追いかけ、つい広間を飛び出してきてしまった。他に外に出てくる人が見えないということは、いまだ夜会は続いているのだろう。

勇者一行を労《ねぎら》う場なのに、主役であるはずの勇者と、任命されたばかりの専属騎士が姿を眩ませているのは相当まずいのではないか。

動転する透弥を前に、ギルバートがおかしそうに口許をゆるめる。

「落ち着け。王太子殿下はすべて承知されている。専属護衛騎士について、俺の任命は保留にさせてほしいということも、意外と後先考えない勇者の無礼を見逃してほしいこともな」

「え？　……えっ？」

なにがなんだかさっぱり理解できずにいる透弥に、ギルバートは丁寧に説明してくれた。

七名の専属護衛騎士として王太子の前に並べられた際、ギルバートは「今の私は王太子殿下にお仕えできるような人間ではございません」と王太子に伝えたらしい。当然、集まった人々はざわめいたが、聡明な王太子は「なぜそう思うんだ？」と冷静に理由を尋ねてきた。

「異世界からやってきた勇者は、魔獣が出現する理由を探り、ネスティニア王国の人々が安心して暮らせるよう努めてくれている。その勇者のために尽くすことが、王国の安寧を守ることに繋がると俺は信じている。だから、少なくとも今回の件が解決するまでは、勇者の護衛だけに全身全霊を注ぎたい……そう答えたんだ」

ギルバートの言葉に納得した王太子は、魔獣の件が片づいてから、改めて専属護衛騎士になるかどうかを問おうと言ってくれた。「慌ただしく広間を出ていった勇者にも、なにか事情がありそうだからな」とギルバートにこっそり耳打ちする様子は、どこか悪戯めいた雰囲気があったらしい。王太子の懐の広さに、透弥は心の底から安堵した。

そうやって気が抜けたからだろうか。まぶたの裏が熱いなと思ったら、唐突に涙腺がゆるんだ。慌てて顔を伏せたが、涙目になっているのをギルバートに見られてしまう。

「なんだ？　どうしたんだ、急に」

彼もまた珍しく動揺していた。笑って誤魔化そうと思ったのにうまくいかず、透弥は額に手を添える形で目許を隠した。

「あー……なんかさ……、ギルバートはちゃんと成長してるのに、僕は十年前から同じ場所でずっと足踏みしてるんだなって思ったら、無性に情けない気持ちになったっていうか」

大勢の前で王太子に意見することは、多大な勇気を要しただろう。劣等感を抱いていた父親相手に、冷静な話し合いができたことも大きな変化だ。

けれど自分はどうだろう。アーロンからたった一度突き放されただけで、凍りついたように動けなくなってしまった。肝心な場面で言葉が出てこない自分が、悔しくて不甲斐《ふがい》なくて仕方ない。

「トウヤにとっての十年前……ってことは、ネスティニア王国に召喚されたときのことか？」

慎重に伸びてきた手が、労るように二の腕をさすった。その優しい手つきにまたうっかり目頭が熱くなる。

「ううん、逆だ。元いた世界に戻ってから。ギルバートの苦労に比べたら、本当に、笑っちゃうくらいくだらなくて些《さ》細《さい》なことなんだけど」

「聞かせてほしい。トウヤが嫌じゃないなら、帰還した先でなにがあったか教えてくれ」

話す前から言い訳を重ねているずるい自分に、ギルバートは真摯に向き合ってくれた。ぐすっと鼻を啜《すす》ると、透弥は眉尻を下げ、震える唇で弧を描く。できるだけ軽い調子で話したかった。

離婚した両親が、どちらも自分を引き取りたがらなかったこと。そのせいで過剰に周囲に気を遣う性格になったこと。ネスティニア王国に召喚され、冒険を経て一度は積極性を得たはずが、初めての恋愛で失敗したことが引き金となり元の性格に戻ってしまったこと。

自分の身に起きたことを、透弥は包み隠さずギルバートに打ち明けた。

最初の恋人と失敗したあとも、恋愛をする機会がなかったわけではない。けれど、今度こそうまくやろう、愛される自分であろうと気負いすぎたせいで、長続きはしなかった。本心を胸の奥に押し込め、にこにこするだけの相手に面白みを感じないのは当然だ。

高校時代の明るい透弥を知っている祖父母には、内気な自分に逆戻りした姿を見せたくなかった。盆休みに帰省すればいい、正月には、春休みには……。そうやって先延ばしにしているうちに祖母が亡くなり、一年後には祖父もこの世を去った。

自分のすべてを受け入れ、無条件に愛してくれる人を失って、透弥はいよいよ誰にも本音を打ち明けられなくなった。表面だけを取り繕い、上辺だけの付き合いしかしなくなった。本気でぶつかって、鬱陶しがられることが怖かったから。

「そうやって、楽なほうに流されて生きてきたツケが回ってきたんだ。……腹が立つよ、自分の不甲斐なさに。ここぞというときに、大切な人を守る勇気も出ないなんて」

過去の失敗談として笑い飛ばそうとしたのに、語っているうちに心が沈んでいく。長い溜め息を吐き、指の腹で目尻を拭っていると、唐突に頭に手を乗せられた。わしわしと雑な手つきで撫でられ、透弥は「うわっ」と声を漏らす。

「トウヤがこんなふうに怒ったり泣いたりするなんて、出会ったばかりの頃は想像もできなかった」

穏やかな声音に、透弥はそっと顔を上げた。ギルバートの表情は温かな慈愛に満ちていて、胸がきゅっと軋《きし》む。彼の優しい眼差しを受けると、透弥はいつもくすぐったくて落ち着かない……それでいて不思議な心地よさもある、奇妙な感覚になるのだ。

「僕だってこの世界に来るまで、自分がこんなに感情的な人間だなんて知らなかったよ」

相手のためにならないと分かっていても、同僚が困っていれば「僕がやるよ」と言わずにはいられない。他人と向き合うことを恐れ、意見を呑み込んでいた過去の自分。そんな生き方を、今後も続けていくのだと思っていたのに。

ギルバートと一緒にいると、物分かりのいい自分を強引に取り払われ、子供っぽい一面を剝き出しにされる。それがひどく恥ずかしいのに、奇妙な清々しさもあって、だから癖になってしまう。もっとそばに寄って、ギルバートに全部見てほしい。

「くだらない理由だとトウヤは言ったが、俺はそうは思わない」

静かだが、はっきりとした声音でギルバートは告げた。

「一番愛してくれるはずの人が自分のもとを去っていったことが心の傷になって、他人の顔色をうかがいすぎるようになったんだろ？　そのときの傷が再び開きそうになったのなら、他人とぶつかることに恐怖を覚えるのは当然だ。ずっと足踏みしているなんて自分を責める必要はない」

月明かりの下で、まっすぐ透弥を見つめながら力強く言い切る。けれどすぐにばつが悪そうに視線をさまよわせ、「そのことが分かっていたら、俺だって……」と言葉尻を淀ませた。きょとんとする透弥の前で咳払《せきばら》いをし、仕切り直す。

「それに、トウヤはもう十分俺を守ってくれただろ。クラスパイアの街で俺を励ましてくれたことも、親父に立ち向かって『息子を信じてやれよ』と怒ってくれたことも、この先一生忘れないだろうってくらい嬉しかった。大袈裟じゃなく、本当に」

丁寧に紡がれる言葉が染みて、込み上げてくる感情がひたひたと心を満たした。言われた内容もそうだが、照れ屋なところがあるギルバートが、自分のために一生懸命気持ちを伝えようとしてくれた事実がなによりも胸を打った。

二人を囲う白薔薇を、夏の風がくすぐっていく。互いに無言になるが、気まずい沈黙ではなかった。会話があってもなくても、ギルバートと一緒にいるのは心地いい。

頭に乗っていた手がこめかみを通り、顔の横に滑り落ちた。大きな手のひらで頬を包まれ、親指の腹で肌を撫でられる。

まるで犬や猫にでもなった気分で、透弥はとろんと目を細め、淡く息を漏らした。対照的に、ギルバートはなにかを堪《こら》えるかのように唇を結び、喉仏を上下させる。

「なあ、さっき言った『大切な人』って、……俺か？」

慎重な口振りで問われ、透弥は目を瞬かせた。無意識にギルバートをそんなふうに表現していたことを指摘され、じわじわと赤面する。照れが伝播《でんぱ》したのか、ギルバートもまた目尻を赤く染め、気恥ずかしさを誤魔化すように首の後ろを掻いた。

「そ……っ、それは、仲間として……！」

「トウヤの元恋人は男か？」

「……～～ッ!!」

誤解を生まないよう訂正しようとしたのに、思いがけない部分で核心を突かれ、透弥はいよいよパニックになった。体温が急上昇し、背中にびっしょり汗をかく。

恋人の言動で萎縮してしまった過去を語った際、性別については伏せたつもりだった。けれど察しのいいギルバートは、相手が女性ではないことに気づいたようだ。

同性愛者である自分を卑下しているわけではない。だが、この流れで恋愛対象が男性だと悟られるのはまずいのではないか。つい最近まで寝食をともにしていただけに、邪《よこしま》な目を向けられていたのでは……などと勘違いされるのは困る。せっかく仲良くなれたのに。

「あ、あのっ！　そのことについてだけど……」

「ああ、答えなくていい。どっちもただの俺の願望だ」

必死に説明しようとする透弥を、ギルバートはいつもの淡泊な調子で拒んだ。「へ？」と間抜けな反応をする透弥の二の腕をつかみ、たぐるように引き寄せる。たくましい腕の中にすっぽりと収められ、透弥は自分の身になにが起こっているのか理解できなかった。

ただ一つ分かるのは、洋服越しに重なったギルバートの胸が、早鐘を打っていることだった。

「友情以外の意味はないとか、俺のことはまったくの対象外だとか、トウヤからそんなふうに言われると落ち込む。だからなにも言わないでほしい。……もう少し俺に、勘違いする時間をくれ」

熱のこもった声で告げ、ギルバートが首筋に顔を埋《うず》めてくる。背中に食い込む腕は縋るような切実さがあった。ようやく彼の言葉の意味を悟った透弥は、耳まで真っ赤に染め、金魚のように口をぱくぱくさせた。

ギルバートの拒絶から始まった関係だった。少しずつ互いを知って距離を詰め、仲間として認めてもらえたと喜んでいたのに、まさかこんなことになるとは思ってもみなかった。

（ドキドキしすぎて息が苦しい……）

茹《ゆ》だったように全身が熱を帯びて、目眩《めまい》すら覚える。けれど抱擁を拒む気にはならなかった。ギルバートに気を遣ったわけではなく、ただ彼の腕の中にいることが幸福で離れたくなかった。そして、そういう気持ちにどんな名前がつくのかが分からないほど、もう子供でもなかった。

白薔薇の甘美な香りに包まれながら、透弥は高鳴る鼓動と自覚した気持ちを持て余していた。

透弥とギルバートの二人で王都を発つことが決まったのは、夜会から一週間後のことだった。魔王城跡地で見つかった例の石が、鑑定の結果、やはり真実の石であると判明したのだ。

一連の魔獣騒動に魔王は関係しているのか。その問いの答えを得るべく、真実の泉に向かいたい旨を国王に伝え、許可をもらった。当然、ララとクリフも同行するものと考えていたが、ギルバートは「私と勇者様のみで問題ありません」と告げた。

隣の街まで馬車で移動したのち、魔法陣を使って東の山の麓に向かう。泉がある山頂付近までは歩く必要があるが、麓にテレポート用の魔道具を仕込んでおけば、帰りは山頂から瞬時に戻れる。山登りの時間を含めても、半日もあれば到着できる算段だ。

精霊が住みつく山にはほとんど野獣がいないことと、なにかあっても魔道具と魔法陣で大きな街にすぐ移動できることから、最少人数で問題ないと判断した。……というのが、表向きの理由だ。

「俺の動向を隠れて親父に報告していたことを知られた手前、クリフがすぐにまた俺たちと旅をするのは気まずいだろ。かといってクリフだけをパーティから外せば、なにがあったのかララが問い詰めてくるのは目に見えているからな」

謁見の間を出たあと、王城の廊下を透弥と並んで歩きながら、ギルバートが本当の理由を教えてくれた。確かにそのとおりだな、と納得するとともに、ギルバートの配慮に感心した。

（僕が他人の顔色をうかがう子供だったように、周囲の過剰な期待に振り回されて生きてきたギルバートも、自分に向けられる目に敏感だったのかもしれないな）

だからこそ、透弥が笑顔の裏に隠していた感情を推し量ることができた。正反対だと思っていた自分とギルバートに、思いがけず似ている部分を見つけ、妙に嬉しくなる。

周囲に目を走らせたギルバートは、近くに人がいないことを確認すると、透弥と距離を詰めた。肩が触れ合う位置で「それに……」と声を潜める。

「面倒くさいやっかみを受けながらも、騎士として王国に尽くしてきたんだ。トウヤと二人で出かけるくらいの褒美をもらっても許されるだろ？」

どこか甘さを孕んだ台詞に、ドッと鼓動が跳ねた。からかうなよ、と視線だけで咎めると、ギルバートは悪戯が成功したとでも言いたげに口許をゆるめた。もう本当に勘弁してほしい。そういう無邪気な表情を見せられると、いつまで経っても胸の高鳴りが収まらない。

頰に集まった熱を冷ますべく、透弥は顔をぱたぱたと手で扇《あお》いだ。王城の庭園で、ギルバートから恋愛感情を示唆されて以降、彼との間には気恥ずかしい空気が漂っていた。

食堂でした約束を違《たが》えず、ギルバートは騎士団の仕事の合間を縫って毎日透弥に会いにきた。ララやクリフを含めて食事をする際は、あくまで仲間としての距離感を保っているが、二人で過ごしているときは視線に熱がこもる。揶揄する口振りも以前よりずっと甘酸っぱい。

　まだきちんと想いを伝え合っていない、けれど互いの好意を感じ取ってはいる。そんな恋愛の初期段階に、透弥はまるで思春期の子供のように翻弄されていた。手練れならこの不安定な段階を楽しむ余裕もあるのだろうが、まともな恋愛をしてこなかった透弥は、「さっさととどめを刺してくれ」と天を仰ぐばかりだ。

（……どうすればいいのかなんて、本当は分かってる。落ち着かないなら自分から聞けばいいんだ。僕のことをどう思ってるのかって）

　この期に及んで躊躇しているのは、気がかりな点が二つあるからだ。ギルバートの気持ちだけではなく、自分の気持ちの面でも頭を悩ませる理由がある。だから、自分たちの間に流れているのは恋愛感情だと、はっきりさせるのが怖い。

　悶々とした思いを抱えて歩いていると、真紅の絨毯が敷かれた廊下の先から、見慣れた人物が近づいてきた。「よお」と透弥たちに手を上げてみせたのは、騎士団の制服をまとったアーロンだ。

「国王陛下から許可は下りたか？」

　真実の泉への来訪を考えていることを事前に伝えていたため、結果を確認しにきたらしい。透弥たちはアーロンと向かい合う形で足を止めた。

「うん。せっかくだし、ナフィリィとゆっくりおしゃべりしてくるよ。ギルバートは初めて会うんだよね？」

「ああ。俺が物心つく頃には泉に戻っていたからな」

「僕が再召喚されたときみたいに、アーロンと間違えたりして」

「「そんなに似てるか？」」

親子で声が揃い、ギルバートとアーロンが顔を見合わせた。そのやりとりに透弥は声をあげて笑う。

夜会の翌日、ギルバートと透弥を呼び出したアーロンは、深々と頭を下げて謝罪した。

自分のせいで、今までギルバートに重責を負わせてきたこと。息子との関係を修復したいと望むあまり、ギルバートの功績をでっち上げるという卑怯《ひきょう》な方法を選んだこと。そのことを透弥に非難され、つい感情的になって突き放したこと。

ララから謝られたときと同様、ギルバートはどことなく居心地が悪そうにしていた。それでも彼もまた、『俺も大人げない態度を取っていたからな……』と自分の非を認めた。拗れていた親子関係の修復がここから始まるのだと思うと、二人を見守っていた透弥も温かな気持ちになった。

「山の麓の魔法陣までは、神殿の魔法陣を使って移動するのか？」

和やかな空気の中、アーロンが思い立った様子で質問を重ねた。「いや」と首を横に振ったのはギルバートだ。

「王都の魔法陣はもう随分不安定になってるだろ。老朽化の影響だとは思うが、よほどの事情がない限り、使用は控えようという話になった。異世界に通じているのはあの魔法陣だけなのに、魔獣問題が解決する前に寿命を迎えられたら、トウヤが元の世界に戻れなくなるからな」

自然な調子で説明され、春の日向《ひなた》のようだった心の内に唐突に翳《かげ》りが生まれる。どんな表情をするのが正解か分からず、透弥は曖昧に微笑んだ。他人《ひと》事のようなギルバートの物言いに胸がちくちくと痛む。

ギルバートとの関係をはっきりさせられない要因の一つがこれだ。ギルバートは「魔獣の問題が解決したあとも、元の世界に戻らないでほしい」とは言わなかった。いつか透弥がこの世界を離れることを承知しているのだ。

（ネスティニア王国にいる間の、期間限定の恋ってこと？　いつか僕がいなくなるとしても、最初から分かっていたことだから仕方ないって諦められる程度の気持ちなのか……？）

ギルバートの真面目な人柄を知っているだけに、彼から好意を示されていることと、いつか終わることを前提にした恋という、相反する事実を受け入れられなかった。その程度の気持ちしかないのであれば、ギルバートは最初から好意を打ち明けなかったのではないかとも思う。

ギルバートの隣は居心地がよかった。普段は落ち着いた印象の彼が、自分にだけは年相応の顔で笑いかけてくれるのが嬉しかった。彼との関係が進展すれば、今度は恋人に向けた表情をたくさん見られるようになるのだろう。そうすればきっと自分はさらにギルバートを好きになる。

そうやって想いを育てたあとで、「元の世界でも元気でな」とあっさり別れを告げられたら、今度こそ自分は立ち直れないはずだ。

「東の山に行くついでに、実家にも寄ろうと思ってる」

ぐるぐると思い悩む透弥の横で、ギルバートは初めて聞く話を語った。驚いて彼に顔を向けると、「生まれ育った街をトウヤに見せたいんだ」と穏やかに告げる。ギルバートとアーロンは王都にある騎士団本部の寮で暮らしているが、クロムウェル家の屋敷は東の町に建っているらしい。

「いいんじゃねえか。トウヤたちが王都に戻ってきてからは、魔獣の目撃情報もあがってきてねえからな。今のうちに二人で羽を伸ばしてこい」

白い歯を覗かせて笑うアーロンに、夜会のあとのようなピリピリした雰囲気はなかった。他人を惹《ひ》きつける天性の愛嬌に、今は父親としてのおおらかさも加わっている。自分がいない二十六年の間に起こった変化を、彼がまとう雰囲気から透弥は感じ取った。

「じゃあな、二人とも。戻ってきたら土産話を聞かせろよ」

ひらひらと手を振って立ち去るアーロンの、青いマントをたなびかせる後ろ姿を、透弥は複雑な気持ちで見つめていた。

かつて淡い想いを向けていた剣士は、今はもう透弥の記憶の中にしかいなかった。無邪気で無鉄砲な剣士は、今や父親の落ち着きを持った騎士団指南役となった。その変化を、寂しく思う気持ちは特にない。むしろギルバートとのやりとりに微笑ましさを覚えるほどだ。

けれどアーロンと過ごした思い出を、胸の奥に大事にしまい込んで生きてきた十年間が、ギルバートの隣に並ぶ自分に囁くのだ。「お前はギルバートを、アーロンの代わりにしているんじゃないか」……と。

（そんなことない。ギルバートとアーロンはまったくの別人じゃないか）

ギルバートを愛《いと》しく思う自分が必死に否定するのに、美化した思い出に縋っていた過去の自分がそれを嘲笑《あざわら》う。透弥が恋をした十九歳のアーロンの面影が、彼の息子である二十四歳のギルバートにはある。今のアーロンからは決して得られないものが。

（違う。……違う。僕は……っ）

「トウヤ？　どうした、顔色がよくないぞ」

唇を結ぶ透弥を、ギルバートが心配そうに覗き込んできた。優しい眼差しを向けられると、不安で冷たくなっていた心がじんわりと温もっていく。ああ、僕はやっぱりこの人が……と、揺らいでいた気持ちが拠り所を見つける。

「ううん、なんでもない。行こうか」

明るい笑顔で取り繕うと、ギルバートは無言で透弥を見つめたのち、「ああ」と微笑みを返してくれた。なにかを誤魔化したことには気づかれているだろう。だからといって、すべてを打ち明けることが最善なわけではない。

ギルバートとの関係をはっきりさせられない要因のもう一つ。それは、かつて憧れていた人にギルバートを重ねているのではないかという、自分の恋心に対する猜疑《さいぎ》心だった。


ギルバートの生まれ故郷は海に面した町だった。

中心部に延びた道にはオレンジ色と黄色のレンガが敷き詰められ、そのすぐ横に走る水路を荷物を積んだ小舟が通る。抜けるような青空をカモメが飛び交い、その下に軒を連ねる店から威勢のいい声が聞こえてきた。のどかさと活気のバランスがちょうどよくて、歩いているだけでわくわくする。

「いい町だね。ギルバートはここで育ったんだ？」

声を弾ませながら、隣を歩く男に目を向けると、彼もまたくつろいだ表情で頷いた。

「ああ、騎士団に入るまでの十二年間はこの町で暮らしていた。住んでいる人たちも皆気さくで親切だ。少しばかり親切の度が過ぎてお節介になっていることもあるが」

遠慮のない物言いは、この町の住民に気を許している証拠だろう。釣られて口許をゆるめる透弥のそばで、こちらに顔を向けた年配の女性が「あっ！」と声をあげた。

「ギル坊ちゃんじゃないの！　おーい、ギル坊ちゃーん！」

ギルバートに向かって大きく手を振る女性の後ろで、他の住民も「えっ、ギル坊ちゃん？」「坊ちゃんが帰ってきてるのか？」と店から顔を覗かせる。皆一様に目を輝かせているが、当の本人は額に手を当ててうなだれていた。

「ギル坊ちゃん……」

「やめろ。トウヤまでその呼び方をするな」

ララとクリフを彷彿とさせるやりとりをしているうちに、住民がギルバートの周りにわらわらと集まってきた。四十代から六十代くらいの人が中心で、皆エプロンを着けたり、三角巾で髪をまとめたりしている。仕事着のまま店を飛び出してきたのだろう。

「おやおやまああ、随分大きくなって！　元気にしていたかね？」

「好き嫌いせず食事は取っているかい？　騎士様は忙しいんだろうが、なにごとも体が資本だよ」

「こちらの方はお友達？　ギル坊ちゃんにも仲良くしてくれる子ができたんだねぇ」

　ギルバートのイメージが少年の時点で止まっているのだろう。ギルバートはいまだ耳を赤く染めて渋面を作っているが、ほのぼのとした会話に透弥はつい目尻が下がる。

「はい。ギルバートにはお世話になっています」

　明るく答える透弥に、住民は「あら～！」と嬉しそうに声を揃えた。一体なにを言い出すのか、とギルバートが横目で観察しているのは分かっていたが、透弥は素知らぬ顔で会話を続ける。

「ギルバートは皆さんに可愛がられているんですね」

「そうなの。お仕事の合間を縫ってこの町に顔を出しては、みんな元気にしてるか、なにか困っていることはないかって聞いてくれるのよ」

「クロムウェル様があまり帰ってこられない分、ギル坊ちゃんがとてもよくしてくれてなあ」

「わたしはねぇ、お父様には内緒だけど、ギル坊ちゃんのほうがいい男だと思ってるわよ！」

「僕もそう思います」

　躊躇なく頷く透弥に、集まった人々がドッと笑った。一人の婦人が「よかったわねぇ！」と言ってギルバートの背中をバシッと叩く。坊ちゃんという呼び方から察するに、ギルバートはやはり「いいところのご子息」と認識されているのだろうが、接し方は案外と遠慮がない。

　それが透弥は嬉しかった。騎士を目指してからは苦難の日々が続いたギルバートだが、彼を愛し、見守ってくれる人たちがいることに心底安堵した。彼の根っこにある優しさは、この町の人々が作り上げてくれたのだろう。

（だからギルバートは、騎士の手が届かない小さな村や町の人たちを気にかけているんだな）

　和やかな会話をする透弥と住民たちに、ギルバートはふっと息を漏らした。眉尻を下げ、仕方ないなとばかりに微笑む姿は、優しい温もりに満ちている。

　思案する様子を見せたギルバートは、尊大な動作で腕組みをすると、ニヤリと口角を上げた。

「遠慮なく話しかけてるけどな、この人は俺が今護衛しているえらい人なんだぞ。詳しくは言えないが、相当な有名人なんだからな？」

　得意げに語るギルバートは、いつもよりずっと無邪気で子供っぽい印象だった。懐かしい故郷を歩き、旧知の人々に触れて、彼もまた童心に返っているのだろう。その様子が可愛くて、透弥はくすくすと笑い声を漏らす。

　顔を見合わせた住民たちは、透弥をまじまじと観察した。

「ギル坊ちゃんが『えらい人』なんて言うのは、伝説の勇者様くらいしか思いつかないんだけどねえ」

「確かに。坊ちゃんの口癖だったもんな。『勇者様はすごい人なんだ』『俺も勇者様みたいな人になるんだ』って」

「……えっ？」

思いがけない言葉に透弥は目を丸くした。住民たちは「でも勇者様って十六歳だろ？」「いや、魔王の討伐から二十六年経ってるから、もう四十も過ぎてるだろ」と口々に言い合う。目の前にいる透弥がまさにその勇者だとは露ほども考えていない様子だ。

隣に立っている男をうかがうと、彼は口許に手を当て、気まずそうに視線を逸らしていた。軽い気持ちで口にした言葉が、とんだ昔話を引き寄せてしまった……と、藪蛇《やぶへび》になった様子だ。

しばしのち、ギルバートは吹っ切れた表情を見せた。「そろそろ行くな」と住民に告げ、透弥を集団から脱出させる。

「どこへ向かうんだい？」

住民の一人に後ろから声をかけられ、ギルバートは振り返った。

「礼拝所！」

端的な返事に、住民たちは納得した様子で頷き合う。彼と関係の深い場所なのだろうか。不思議に思いつつギルバートのあとに続いていた透弥は、ふいに、うなじにザワッとした悪寒を覚えた。

すぐに振り返ったものの、背後にはのどかな港町が広がるだけだ。

（そういえば、魔王城跡地でも妙な気配を感じたんだよな……）

不可解に思いつつ、透弥はなんとも言えない気味の悪さを消そうと、うなじを指で擦った。

案内された礼拝所は、白い壁にオレンジ色の三角屋根が載った、こぢんまりとした建物だった。

温厚な雰囲気の司祭に挨拶をすると、彼もまたギルバートとの再会を喜んだ。ギルバートが「礼拝所を彼に見せたい」と言うと、快諾ののち「ごゆっくりしていってください」と心得顔で立ち去った。

中に入って最初に目に飛び込んだのは、講壇の後ろに広がる美しいステンドグラスだった。

色とりどりの鮮やかなガラスで描かれているのは、長弓を構えた勇者が、剣士・斧使い・神官・精霊を率いて魔王と戦っている様子だった。十年前――ネスティニア王国では二十六年前に、魔王城で繰り広げられた光景。

小さな町の礼拝所とは思えないほど精巧なステンドグラスに、透弥は言葉もなく見入った。

「綺麗だろ。この町に屋敷を建てるときに、親父が支援してこの礼拝所を作ったそうだ」

「アーロンが？」

「ああ。魔王が現れた際、魔獣によって礼拝所を破壊されていたからな。真実の泉の道中にある町なのに、精霊に祈りを捧げる場所を失ったことを不憫に思ったんだろう」

入り口からまっすぐ延びた通路を、ギルバートとともに歩いていく。ステンドグラスは、上部が半円形になった大きな縦長窓に装飾され、午後の日差しを受けきらめいていた。

講壇の前で足を止めたギルバートは、しばし無言でステンドグラスを見つめる。

「親父の情の厚さを尊敬していた。『英雄』と呼ばれているのを誇らしく思っていた。……トウヤと出会うまで、そんなことも忘れていた」

静かな声音には、微かだが悔いるような気配があった。透弥はその横顔を見つめるばかりで、どんな言葉をかければいいのか分からない。

ギルバートは小さな溜め息をこぼしたのち、スイッチを切り替えるように、まごつく透弥にぱっと顔を向けた。落ち込んでいる様子は見られず、むしろ晴れやかさすら覚える表情だ。

「小さい頃は、寝る前に親父の冒険譚を聞くのが好きだったんだ。特に、魔王を討伐するための冒険については、何度もねだって話してもらった。親父もああいう性格だから、どんどん語りがうまくなってな。当時の戦いぶりがまぶたの裏に浮かぶほどになったし、もうすっかり暗記したから、なんなら俺からトウヤに語ってやれる」

「その戦いに臨んでいたのは僕なのに？」

「トウヤよりもずっと臨場感溢れる語りをする自信があるぞ」

ギルバートが目を輝かせて言い切るので、透弥は堪らず声をあげて笑った。彼も精悍な顔を崩し、白い歯を覗かせて笑う。自分と過ごす時間を楽しんでくれているのだと実感し、彼との関係に悶々としていた心がゆるんでいく。

「親父に魔王討伐の冒険譚をねだったとき、特に誰の話を聞きたがったか分かるか？」

ひとしきり笑ったあと、ギルバートはふいに穏やかな表情を見せた。

その問いに透弥は気恥ずかしさを覚えた。自分で口にするのは躊躇いがあるが、先ほど出会った住民たちの台詞を思い返せば、ほぼほぼ間違いないだろう。

「えっと……僕？」

「そうだ。異世界からやってきた伝説の勇者は、俺にとって憧れの存在だった。唯一無二の光魔法を駆使して戦う様子や、魔王に挑む勇敢な姿もそうだが、親父が身近で見ていた『勇者の成長』こそが、なによりも俺を湧き立たせた」

再びステンドグラスに目を向けたギルバートは、懐かしむように語り出す。

父親によると、召喚された当初の勇者は、それはそれは内気で臆病な性格だったそうだ。失敗を恐れてなに一つ意見を言えず、アーロンの後ろに隠れていつも視線をさまよわせている。世界を救えるほどの力を持っていながら、自信のなさからうまく使いこなすことができずにいた。

それでも冒険の中で様々な人を助け、ときには助けられて、勇者は徐々に前を向けるようになった。信頼する仲間と出会えたこと、その仲間に信頼してもらえたことで、胸の奥底に秘めていた正義感を臆せず見せられるようになった。

魔王を討伐し、群衆の前で堂々と勝利を報告する勇者は、誰よりも頼りがいのある男に成長していた。彼の変化を近くで見守れたことを、アーロンは誇りに思っていたという。

「無邪気に親父を慕っていた子供の頃は、勇者に対しても純粋な憧れの気持ちしかなかった。けれど親父と比べられる苦しさを知ってからは、勇者の存在が心の支えになっていった」

勇者だって元いた世界では戦いの経験がなかったのに、ネスティニア王国を救うため必死に魔弓の使い方を覚えた。勇者だって元々は自己主張が苦手だったのに、自分を変えようと努力し、魔王討伐の戦略について会議で討論できるまでになった。

挫折を知り、気持ちが腐りそうになっても、胸の奥底に住まう憧れの存在がギルバートを奮い立たせたという。「英雄の息子」という表書きに押しつぶされて堪るかと、父親と比べられるのを覚悟のうえで、あえて騎士団への入団を決めた。憧れの勇者ならきっと、どんな困難にも立ち向かったはずだからと。

「トウヤと出会う前からずっと、トウヤは俺の人生の中心にいたんだ」

ステンドグラスの中で、魔王に矢を向ける勇者を見つめ、ギルバートは眩《まぶ》しいものを前にしたかのように目を眇《すが》めた。

(だからギルバートは、僕が元いた世界でも戦いをしていたわけじゃないことや、魔王とどんなふうに戦ったかを知っていたんだ)

出会った当初は突き放すような態度を取っていたのに、その実、ギルバートの勇者に対する知識は人一倍深かった。

魔王城跡地で透弥に熱心に質問してきたのは、暗記するほど夢中になった寝物語の現場を実際に訪れ、気分が高揚したからだろう。魔弓の練習に励む透弥に素っ気ない態度を取ったのは、「伝説の武器を使いこなす勇者」という理想どおりの光景に、興奮する自分を隠すためだったのかもしれない。

透弥がアーロンを心の支えにしたように、ギルバートは透弥を「憧れの人」にしていたのだ。

胸に熱いものが込み上げ、透弥は言葉をうまく紡げなくなった。喜びと切なさが一緒くたになって、じわじわと体の内側を満たしていくのが分かる。

繰り返される平凡な日々の中で、勇者として過ごした時間だけが、透弥にとって唯一誇れる思い出だった。一方で、いつまでも過去の栄光に縋っていることに自嘲もした。ネスティニア王国の人々だって、平穏になった世界でそれぞれ新しい時間を歩み出しているはずなのに。

けれどギルバートにとっては、透弥の存在こそが自分を動かすための原動力だったのだ。

（頑張ってよかった。ネスティニア王国を救えて……ギルバートがいる未来を作れてよかった）

十年前に抱いた以上の感動が押し寄せ、透弥は唇をわななかせた。しっかり結んでいないと、また涙腺がゆるんでしまいそうだった。

横目で様子をうかがっていたギルバートが、沈黙ののち体ごと透弥に向き直る。

「だからこそトウヤに出会ったばかりの頃は、理想の勇者との落差に衝撃を受け、ひどい言葉を吐いてしまった。たくましく成長して元の世界に帰っていった勇者だから、今度はきっと最初から優れた先導力を発揮し、問題をたちどころに解決してくれるんじゃないかと勝手に思っていた。……他人の理想に振り回されるつらさは、誰よりも分かっていたはずなのに」

苦い表情で吐き出すギルバートは、過去の言動を心から悔いている様子だった。そんな表情をさせていることに胸が痛み、透弥は慌ててかぶりを振る。

「僕の態度だって今思えばひどかった。魔王が復活した確証もないのに召喚されてもな……って思いながら、にこにこ笑って『承知しました』なんて心にもない返事をして。そういう本心の見えなさが、勘の鋭い人には信用できない印象に映っていたんだと思う」

聞き分けのいい人間であれば、誰からも嫌われないと思い込んでいた。本音でぶつかることを避けているうちは、たとえ嫌われなかったとしても、心の距離が近づくことはないと気づかなかった。

言葉を重ねる透弥を見つめ、ギルバートがふっと口許をゆるめた。指先を掬うように手を取られ、そのままぎゅっと握り込まれる。

「そうやって必死に仲間を守ろうとするのが、トウヤの純粋なところだよな。ひたむきで、一生懸命で、時々周りが見えなくなるくらい仲間のために尽くす姿を見たら、心を動かされない奴なんかいない。温かい気持ちをもらった分だけ、俺もこの人になにかを返したいと思わせてくれる」

礼拝所に差し込む西日が、ステンドグラスを通して鮮やかな光となり、ギルバートの頬を照らした。猛禽類のように力強い双眸は泉のように凪ぎ、透弥だけを映し出している。

胸がトクトクと音を立てるのを感じながら、透弥もギルバートの手を握り返した。

「トウヤ。俺は、王太子殿下の専属護衛騎士は辞退するよ」

揺らぐことのない眼差しを寄越し、ギルバートははっきりと告げた。

「たった一人の人間が心を占めているのに、王太子殿下の護衛なんて務まるはずがない。万が一この王国を脅威が襲ったとして、俺の頭に真っ先に浮かぶのは別の人間だろう。そんな奴に、専属騎士を務める資格はない」

不器用なまでに一本気な騎士の、真摯な宣言に鼻がツンとして、透弥はくしゃりと表情を崩した。

上手に笑顔が作れず、眉尻が下がって泣き笑いのような表情になってしまう。

「そんなの、言わなきゃばれないのに。真面目だな」

「トウヤだって、俺と親父を比べていたことをわざわざ自分から打ち明けただろ」

互いに指摘し合って、二人で笑い合う。そんな些細なやりとりに幸福を感じた。

ギルバートは透弥を見つめて微笑み、それからおもむろに腰を落とした。床に片膝をついて跪《ひざまず》く。

金と銀の二色が混じった髪の間から、艶やかなヘーゼルカラーの虹彩が覗き、透弥を捕らえた。

「トウヤ・マキノ、数々の非礼をお詫《わ》び申し上げます。あなたの優しさから生まれる強さは、間違いなくこの王国を救った勇者の証《あかし》だ」

熱のこもった台詞とともに、ギルバートは握っていた手を口許に引き寄せ、甲にそっと唇を落とした。慈しむようなキスに胸が震える。

「この先も俺は、生涯をかけてトウヤだけを守り、トウヤにだけ忠誠を誓おう。俺はあなただけに傅《かしず》く騎士だ」

畳みかけるように告げ、ギルバートは唇を引き結んだ。切々とした眼差しを向けられ、透弥はごくりと喉を鳴らす。焦げてしまいそうなほどの情熱を孕んだ瞳に、堪らない気持ちにさせられる。

「好きだ、トウヤ。この気持ちは敬愛だけじゃない。トウヤを愛している」

誤魔化すことを知らない男に、直球で恋情をぶつけられ、透弥は思わず言葉を失った。ああ、ちゃんと伝えてくれた。そう思ったら、胸の奥に押し込めていた不安が安堵とともに溢れ出し、透弥の目を濡らした。

　眉間に深い皺を刻み、透弥は怒った顔で泣き出した。予想していなかった反応らしく、ギルバートが戸惑いを露わにする。

「トウヤ……」

「そんなに想ってくれてるなら、どうして『元の世界に戻るな』って言ってくれないんだよ……っ」

　まるで子供のように手の甲で目許を擦ると、ギルバートが慌てて腰を上げた。透弥の頬を両手で包み、親指の腹で優しく涙を拭う。

「不安にさせて悪かった。ただ、俺の言葉に縛られてほしくなかったんだ。元の世界に帰りたい気持ちを隠し、俺の望みを叶えるためにネスティニア王国に残ることだけはさせたくなかった」

　ぐすぐすと鼻を啜る透弥を、ギルバートがやわらかな声音で宥める。

　彼の意見はもっともだった。互いに想いを打ち明けたうえで、ギルバートから「この先もずっとネスティニア王国で暮らしてほしい」と言われたら、自分は絶対に断らなかったはずだ。もう日本に家族はいないし、付き合いのある知人や同僚はいても、ララやクリフほど打ち解けた友人はいない。

　戻らなくてはならない理由がないというのもあるが、「好意を返しておきながら、元の世界に帰るわけにはいかないよな」なんて考えも脳裏を過っていたに違いない。

　透弥をまじまじと見ていたギルバートが、ふいに顔を寄せてきた。目尻にそっと唇を当てられ、驚きのあまり涙が引っ込む。透弥にだけ我が儘を言ったり、甘えてみたりすることはあるが、基本的にギルバートが露骨なスキンシップを図ることはほとんどなかったのだ。

　ぽかんとする透弥に、ギルバートが頬をゆるめる。

「泣くなよ。泣いてる顔も可愛いが、好きな人にはやっぱり笑っていてほしい」

　愛しげな眼差しを寄越され、甘い声で囁かれて、動揺とときめきが遅れて押し寄せた。赤面する透弥の腰を抱くと、ギルバートは再び目尻に唇を寄せ、ちゅ、ちゅ、と音を立てて左右に口付けていく。

「俺は『こうするのが正解だ』なんて、トウヤを導くことはできない。トウヤにとって大事な決断は、トウヤ自身がするべきだと思っているから。それでも一緒に考えることはできるから、不安なことや悩んでいることがあったら全部打ち明けてくれ」

　ギルバートの手首に指を絡め、頬を掠める唇を受け止めながら、透弥は蕩《とろ》けるような息を漏らした。心地がよくてふわふわする。今までしてきたどんな恋愛でも、これほどの安らぎは得られなかった。

（ああ、もう、好きだ……——）

　引き留めてくれないということは、大した気持ちではないのかもしれないと、よくもまあ身勝手に拗《す》ねられたものだ。初恋の相手と比べ、「アーロンの面影を重ねているだけかもしれない」と、よくもまあ失礼な発想ができたものだ。己の浅はかさと、稚拙な考えを透弥は恥じた。

　想像よりもずっと、ギルバートは透弥を深く愛してくれていた。だからこそ透弥の意思を尊重したいと、周囲に流されがちな透弥の気持ちが固まるまで、根気よく待っていてくれたのだ。

　ギルバートに対する自分の気持ちだって、アーロンに抱いたほのかな想いとはまるで別物だ。アーロンに対し、「なぜもっと引き留めてくれないのか」と思い悩むことはなかった。美しい青春の思い出として片づけられる程度だった。

真面目で、不器用で、けれど誰よりも愛情深いギルバートが好きだ。

彼が困っていたら真っ先に飛んでいって、手を差し伸べたい。悩んでいるときは彼を頼って、うまくできたらたくさん褒めてほしい。「それでこそ俺の勇者だ」とギルバートが笑ってくれたら、きっと自分はなんでもできる。

頬に乗っていた手が顎に移動し、顔を上向かせられた。二人の間に流れる空気が、しっとりと濡れているのが分かる。一線を越える前の、甘くて焦《じ》れったい空気だ。

「なあ、トウヤはどうしたい……？」

問いかける声は掠れていた。グラスに注いだ水が表面張力でなんとかこぼれずにいるように、積もった想いは溢れる直前まできている。

彼の手首をぎゅっと握り、透弥も息を詰めた。

「ギルバートとずっと一緒にいたい。……好きだ」

その一言で均衡が崩れ、限界を迎えた想いがこんこんと溢れ出す。言い終わるや否や、ようやく許されたとばかりにギルバートの顔が近づいてくる。やわらかな唇が透弥のそれにそっと重ねられた。

触れ合わせるだけのキスは長くは続かなかった。数秒重ねただけでしっくりきたからだ。自分たちの関係はこうあるべきだったのだと、唇を重ねた瞬間に悟った。

そんなふうに感じたのは多分ギルバートも同じで、顔を離して無言で見つめ合ったのち、今度は互いに顔を傾けて深く噛み合わせた。

ステンドグラス越しの鮮やかな光が床の木目に落ちる。外から聞こえてくるのは、駆け回る子供の楽しげなはしゃぎ声だ。のどかな港町の礼拝所で、透弥とギルバートは足りないものを埋めるようにキスをしていた。

性欲面において、自分は淡泊なほうだと思っていた。過去の恋人たちとは、片手で数えられる程度しかセックスをしていなかった。

最初の恋人とは誠実な関係を築こうという意思があったので、なかなか体を重ねるに至らなかった。せがまれて二回ほど性行為をしたものの、正直に言って挿入されたあとの苦痛しか覚えていない。

それであまり気乗りしなくなり、その後の恋人にも抱かれたいと思えなかった。抱きしめられたり、軽いキスをしたりといった程度のスキンシップで十分満足だと考えていた。

だからこんなふうに、誰かに触ってほしくて仕方ないと思う日が来るとは、想像もしていなかった。

「んっ……、ふ、ぅん……っ」

クロムウェル家の屋敷にやってきた二人は、ギルバートの部屋に入るなり、吸い寄せられるようにキスをした。扉のそばに立ったまま、互いに体を密着させ深く唇を合わせる。屋敷に着いて早々に防具を脱いで武器をしまい、ゆったりとしたシャツとスラックスに着替えていたため、薄い布越しにギ

ルバートのたくましい体を堪能できた。

肉厚な舌が透弥の口腔《こうこう》内を蠢《うごめ》き、頬の裏側の粘膜を擦った。ぬるりと上顎を舐《な》められると、酒に酔ったときのような陶然とした感覚に陥る。唇を食《は》まれ、絡めた舌を愛撫《あいぶ》され、その間にも大きな手に洋服の上から腰をまさぐられた。透弥は唾液で濡れた唇の間から「んっ……」とあえかな声を漏らす。

脚に力が入らなくなり、くずおれそうになる透弥を、ギルバートがたくましい腕で掻き抱いた。一見すると支えてくれているようだが、実際は逃げ場を奪われているに過ぎない。

貪るような淫《みだ》らなキスが延々と続き、透弥は腹の底から渦巻く性欲を持て余した。内股の間に割り入れられた脚に刺激され、透弥の中心はすでに痛いほど張りつめている。それから、透弥の太股に触れるギルバートのものも。

「ぁ、あ……っ、すき、好き……っ、ギルバート……」

一度気持ちを伝えたら、彼に対する愛しさがどんどん溢れて止まらなくなった。ギルバートの首に腕を回し、透弥はキスの合間に夢中で繰り返す。

「くそ、煽《あお》るなよ……ッ」

余裕なく顔を歪めたギルバートは、透弥の腰をつかんでひょいと持ち上げた。膝の裏側と背中を腕で支え、軽々抱えてしまう。窓際に設置された天蓋つきのベッドに運ばれる間も、透弥はギルバートにしがみつき彼の唇を味わった。

大人二人が転がっても悠々くつろげる広いベッドに、透弥は仰向けに寝かされた。ギルバートは透弥の靴をベッドの脇に放り、自らも乱雑な手つきで靴を脱いだ。それから間を置かずのしかかってくる。透弥もギルバートの体を全身で抱き留め、再び溺れるようなキスをした。

　魔獣と魔王城跡地の調査という、同じ目的を持つ仲間だと認識していた頃は、互いに自分の気持ちを抑えていたのだと思う。透弥は「いずれは別れなきゃいけない人だ」と考えていたし、ギルバートは自分が積極的に迫ることで、透弥が元の世界に戻りたいと言い出せなくなる事態を懸念していた。

　だからこうやって互いの意思を確認し、友情の範疇《はんちゅう》を超えた行為をしたら、一気にタガが外れた。ギルバートに触れたい、触れられたいという思いが溢れて止まらず、何度も唇を繋げる。

　自覚していた以上に彼を好きになっていたのだと透弥は実感した。それはきっとギルバートも同じだ。二人ともまったく歯止めが利いていない。

「ゆ、うはんって、何時頃になりそう……？」

　唇と唇が唾液の糸で繋がった状態で透弥は尋ねる。ぷつりと切れて顎に垂れた糸を、ギルバートが舐め取った。

「あの様子じゃ二時間は猶予がありそうだけどな。トウヤが親父と一緒に魔王を倒した勇者だって知ったときの母さん、感激で卒倒しそうになってたから」

　ギルバートはベッドに肘をついて上体を離すと、透弥のシャツのボタンを外しながら答えた。

　クロムウェル家の屋敷を訪れたのは、今から三十分ほど前のことだ。任務のついでに実家で一泊すると伝えていたそうだが、連れていく人物の詳細までは知らせていなかったらしい。

アーロンには世話になったためきちんと挨拶がしたい、という理由から勇者だと打ち明けると、クロムウェル夫人は驚愕《きょうがく》とともに大歓迎してくれた。それから、

『勇者様がいらっしゃると分かっていれば、夕飯をもっと凝った料理にしたのに！　一から献立を考え直すから夕飯まで少々時間をくださるかしら⁉』

と侍女を引き連れ大慌てで食材の調達に向かった。平民出身のクロムウェル夫人は、侍女とおしゃべりをしながら料理をするのが趣味らしい。アーロンに似合いの、気っぷのいい奥様だと思う。

そんなわけで、クロムウェル夫人が留守の間に、二人でギルバートの部屋にもつれ込んだ。

彼の部屋は二階の奥にあり、食堂からは遠い。ギルバートがしれっと「移動で疲れたから少し休む。夕飯まではそっとしておいてくれ」などと侍女に伝えていたが、あの淡々とした指示の裏で透弥への情欲を燃やしていたのだと思うとおかしい。

透弥のシャツを左右に開いたギルバートが、露出した上半身を見てごくりと唾液を飲み下した。短期間の冒険では大した筋肉はつかず、ギルバートに比べれば貧相な体だ。それでも彼は、興奮でしっとりと湿った肌を舐め回すように視姦《しかん》した。

「夕飯に呼ばれる前に汗を流さないと……」

「隠れて湯浴みをする時間を考えると、ゆっくり情事に耽《ふけ》る余裕はないな。はあ……もう、このまま抱きつぶしたいくらい興奮してるってのに」

汗で額に張りついた金髪を、ギルバートが荒々しい手つきで掻き上げた。劣情にまみれた仕草が堪

らない。早く触れてほしくて二の腕をつかむと、すぐさま彼が透弥に身を重ねた。首筋に顔を埋められ、熱い舌でねっとりと舐められる。

「ん……っ、ふ……」

　こもった息を漏らす透弥の肌を、ギルバートは固い手のひらで撫で回し、唇と舌で嬲《なぶ》った。どこを愛撫されても目が眩むような快感を覚えるが、特に胸の上で主張する突起を食まれると、ゾクッとした痺《しび》れが背中を駆ける。

　周囲の輪ごと指できゅっと摘《つま》み、ギルバートは固くしこった先端を舌先で捏《こ》ね回した。赤く色づいた乳首を見せつけるようにちろちろと舐め、指の腹で転がして、音を立てて吸いつく。

　その一連の動作に、透弥は逐一身を跳ねさせてしまう。胸を弄《いじ》られて感じるだなんて知らなかった。

「あ、ぅ……はぁ……っん」

　思わず腰を浮かせ、ギルバートの腹に下肢を押しつけると、彼は満足げに口許をゆるめた。上向いた雄をスラックスの上から握られ、透弥は「ぁうっ」と切ない声を漏らす。

「いつもは清廉な聖人みたいな顔をしてるトウヤに、こんなにいやらしい一面があったなんてな」

　痴態を指摘され、恥ずかしいと思ったらますます中心が滾《たぎ》った。己の体の浅ましさに一番驚いているのは透弥だ。

「こんなの初めてだよ。……僕のいやらしい顔なんて、ギルバートしか知らない」

　股間に置かれた手の上に自分の手を重ね、軽く揺らして刺激をねだった。ギルバートは眉間に皺を寄せながら、無意識なのかニヤリと口角を上げる。雄々しい色香を撒き散らす、劣情にまみれた悪い笑顔だ。

「男を煽るうまさに興奮するべきなのか、嫉妬するべきなのか、どっちが正解なんだ？」

言うや否や、ギルバートは透弥のスラックスをくつろげ、慌ただしい手つきで下着ごと引きずり下ろした。勃起《ぼっき》した中心が勢いよく飛び出し、恥ずかしい体液が雫《しずく》となって跳ねる。

そこにギルバートは躊躇なく顔を埋めた。熱い口腔の粘膜で性器を包まれ、透弥は咄嗟に口許を手で覆う。

「んぅっ、んん……っ！」

嬌声《きょうせい》を必死に抑える透弥を他所に、ギルバートは根元を手で扱《しご》きながら容赦ない口淫をした。たっぷりと唾液を絡めて裏筋を舐め、雁首《かりくび》に舌を這わせる。左手は白い内股を撫で回し、会陰を指の腹でぐりぐりと押した。

「だ、だめ……すぐ出ちゃう、から……っ、顔離して……っ」

すでに十分昂《たか》ぶっていた体はますます潤み、透弥は興奮のあまり涙を浮かべてかぶりを振った。

金と銀の髪に手を差し入れるが、引き剝がせるほどの力が湧かない。ギルバートの愛撫によって、透弥の下半身はすでにどろどろに溶かされている。鈴口を濡らす液体が、唾液なのか先走りなのかももはや判断がつかなかった。

「いいから全部出せ。トウヤのすべてを味わいたい」

射精を促すように先端を啜りながら、ギルバートが目だけを上向けて透弥を見た。茎を擦る手が激しくなり、一気に追い上げられる。熱い体液が精路を駆け上がってくるのを感じ、透弥は頭上に並んでいたクッションを慌てて引き寄せた。

顔にクッションを当てると同時に、快感の波が押し寄せて透弥を飲み込んだ。

「んんー……ッ！」

背中を仰《の》け反《ぞ》らせ、全身を細かく震わせながら絶頂に達した。白濁した体液がギルバートの口腔に溢れる。宣言どおり、彼はそれを余さず飲み下した。鈴口に舌先を捻じ込み、残滓《ざんし》まで掬い取る。

くたりと四肢を投げ出す透弥の傍らで、ギルバートは汗にまみれたシャツを脱ぎ捨てた。長年にわたって鍛え上げられた体は、筋肉の隆起が美しく男らしい魅力に満ちている。

思わず見惚《みと》れる透弥の、太股にまとわりついたままのスラックスに手を伸ばしたギルバートは、それを下着とともに足から引き抜いた。透弥に体を起こすよう促すと、彼は対照的に仰向けに転がる。

スラックスの前を広げたギルバートは、熱く漲った性器を取り出した。雄々しい肉体と同様、そこは勇ましい大きさだった。腹につきそうなほど反り返り、茎に血管が浮き上がる様から、ギルバートの興奮がうかがえる。

「トウヤ」

透弥に向けられる眼差しは熱を帯びている。甘く微笑んで名前を呼ぶギルバートに、透弥は四つん這いの状態で近寄った。

明確な指示をされずとも、彼がなにを望んでいるのか手に取るように分かる。ギルバートと透弥の関係を、ララは「狼と飼い主」と揶揄したが、ベッドでは丸きり立場が逆転していた。

ギルバートの上に身を重ね、厚い胸板に手を置いてキスをする。透弥の精液を受け止めた口腔は苦さが残っていたが、唇を繋げる心地よさが勝りすぐにどうでもよくなった。濡れた素肌が触れ合うのも気持ちいい。

互いの下肢を合わせ、透弥はギルバートと舌を絡めながらゆるやかに腰を揺らした。自らの性器を使い、彼のたくましい雄を愛撫する。敏感な部分が擦れ合って、射精したばかりの透弥も頬を染めて悦《よ》がった。

「あっ、ぁ、あ……」

「可愛いな。……いい子だ」

ゆったりとした手つきで透弥の後頭部を撫で、ギルバートが耳元で囁いた。甘い声がくすぐったく、褒められた悦《よろこ》びに全身が火照る。

腰をくねらせる透弥を、ギルバートはしばし楽しげに眺めていた。その動きを確かめるように透弥の尻に両手を乗せると、左右の肉を揉みしだき始める。それとともに再び会陰を中指で押され、透弥は口を半開きにして恍惚《こうこつ》の表情を浮かべた。己の下肢が熱を取り戻していくのが分かる。

けれど中指の腹が、その上の窄《すぼ》まりを撫で始めると、透弥は戸惑いの表情を見せた。

「そ、そこは……」

「触られるのは嫌か？」

「中で気持ちよくなれたこと、ない……」

他の男との経験を口にするのは失礼だろうか、と思いつつ、透弥は素直に不安な胸の内を吐露した。ギルバートのものは初めて目にする大きさで、挿入される苦痛も今までの比ではないだろうと思うと、昂ぶっていた気持ちが急激にしぼんでいく。

ギルバートは驚いたように目を瞬かせ、それからふっと表情をゆるめた。透弥の頬を両手で包むと、「きちんと伝えられてえらいな」と額や鼻先に口付ける。透弥がまぶたを伏せて唇へのキスをねだると、そこにも褒美をくれた。

「今日は指しか入れないから心配しなくていい。トウヤが気持ちよくなることしかしない」

こめかみに唇を寄せて透弥を宥め、ギルバートは穏やかな口調で言った。ただの仲間だった頃は見られなかった甘い言動に、透弥の胸は切なく軋む。予想はしていたが、恋人としての一面を知るたびに彼への愛情がどんどん膨らんでいく。

こくりと頷いた透弥に、ギルバートはもう一度キスをした。右手の中指を口に含み、たっぷり唾液をまとわせてから、再び両手で透弥の腰に触れる。閉じた蕾《つぼみ》に濡れた指が触れ、透弥は思わず息を詰めた。「大丈夫だから」とギルバートが背中を撫でてくれる。

つぷりと音を立てて入り込んだ指が、慎重に内部を進んだ。ギルバートの触れ方は丁寧で優しかった。下肢は固く張りつめているのに、己の欲を発散することよりも、透弥を安心させることを優先する。その紳士的な態度にまた愛しさが募り、透弥はギルバートの胸に頬を擦り寄せた。

　やがて透弥の内壁に指が馴染むと、ギルバートは少しずつ中を探り始めた。腹側にあるしこりのような部位を指が掠めた途端、じわっとした熱が下肢に流れ込む。「あっ……」と声を漏らすと、耳聡《みみざと》く聞いたギルバートがその部分を集中的に刺激していった。

「あ、ぁん……っ、ギルバート……ッ」

　堪らず腰を揺らすと、性器同士が擦れる快楽でますます体が蕩けていく。外側から得られる性感と、内側から得られる性感がごちゃ混ぜになって、透弥を愉悦の渦に引きずり込もうとするのが分かる。未知の感覚が恐ろしいのに、気持ちがよくて抗《あらが》えない。

「あっ、ん、あっ、ぁ」

　後孔にギルバートの指を咥《くわ》えながら、透弥は腰を淫らにくねらせた。裸体を擦り寄せ素直に快感に溺れる透弥を、ギルバートは満足そうに見上げる。尻を揉んでいた左手を胸に添え、透弥の動きに合わせて乳首を擦った。

「あぁっ、い、い……っ」

「気持ちいいのか？　どこが一番気持ちいい？」

「分かんな……っ、ぜ、全部よくって……声、出ちゃう……」

「キスしよう、トウヤ。口なら俺が塞いでおくから、好きなだけ気持ちよくなってほしい」

　後頭部に手を添えられ、頭を引き寄せられる。深く唇が噛み合うと同時に、ギルバートが激しく腰を突き上げてきた。張りつめた中心がぶつかり、埋め込まれた指で内壁が擦れて、あまりの快感に透弥は身悶《みもだ》えた。くぐもった声はギルバートの唇に吸い込まれていく。

先走りで下肢はぬるぬると濡れ、ギルバートのものとともに淫靡《いんび》な音を立てた。いつの間にか後孔を犯す指は二本に増えていたのに、ちっとも苦痛を感じない。ギルバートの指は太くて長く、腰を揺らされると彼の性器で擦られているような気持ちになる。

（ギルバートに抱いてほしい……——）

「……ッ……んんぅ……っ！」

彼の指を締めつけ、透弥は身を引き絞るように達した。ギルバートの鍛えられた腹に精を吐き出す。

「く……ッ……」

ギルバートも低く呻き、透弥が撒き散らした体液の上に濃い精液を漏らした。

中から指を引き抜かれ、透弥はくたりとギルバートに身を預ける。彼も全身をしとどに濡らし、しばしの間荒い呼吸を繰り返していた。目が合うと、飽きることなくキスをする。

「今度は、最後までトウヤを抱くからな」

吐息が混じり合う距離で囁かれ、透弥は溢れるほどの多幸感に飲み込まれた。どうしてギルバートはすべてお見通しなんだろう、と思ったが、単純に彼と透弥の希望がぴたりと合致しているだけかもしれない。自分たちは一見すると正反対だが、根底にあるものはよく似ているから。

とりあえず今は、「なぜ夕食の前にもう一度着替えたのか」という質問をぶつけられたときに備え、言い訳を考えておかなくては。と、透弥は様々な体液でぐちゃぐちゃになった衣服を見ながら思った。

アーロンの支援によって作られたという礼拝所は、小さな町には珍しく、裏手に魔法陣が備えられていた。それを利用して、翌朝早速真実の泉がある山へ向かった。麓にテレポート用魔道具を仕込み、獣道をギルバートと二人で登っていく。

頭上には晴れやかな空が広がっていて、夏草を風が揺らすたび爽やかな香りが立ち上った。

「ナフィリィ、元気にしてるかな。久しぶりだから驚くだろうなあ」

ポケットから真実の石を取り出した透弥は、真上まで移動した太陽にかざし、上機嫌に笑む。魔王城跡地に落ちていた理由を本人に直接尋ねるため、王都を出発する前に一つ持たせてもらったのだ。

「他所見をしながら歩いてると転ぶぞ」

斜め前を歩いていたギルバートが、透弥を振り返り片眉を上げた。パンツのポケットに真実の石を戻し、透弥は肩を竦める。

「ギルバートって僕を小さい子かなにかだと思ってる節があるよね」

「世話が焼ける勇者様だって自覚はなかったのか？」

「一応僕のほうが年上なんだけどなあ」

「二歳なんて誤差だろ」

テンポのいいやりとりは以前となんら変わらない。変わらなすぎて拍子抜けしてしまうほどだ。歩調を速めてギルバートの隣に並んだ透弥は、彼の横顔をじっと見つめた。

クロムウェル家の屋敷で性的な触れ合いをしたあと、二人は湯浴みを済ませ、万全の状態で夕飯の席に着いた。透弥のためにクロムウェル夫人が客室を用意してくれたので、夜はギルバートと別の部屋で眠った。

どちらかの部屋にこっそり移動し、朝まで一緒に過ごすこともできたが、ギルバートとの話し合いの末やめておいた。夜の寝室で二人きりになれば、今度こそ歯止めが利かず、挿入込みのセックスをしてしまうことが想像に容易かったからだ。朝から山登りをするのに、体力を使い果たした状態で目覚めるのはまずい。

そういうわけで、昨夜それぞれの部屋に戻ったときから、ギルバートとは恋人らしいやりとりをしていなかった。とはいえ、透弥だってところ構わずいちゃいちゃしたい派ではないので、別段不満があるわけではない。

気になっているのは、冒険をともにする仲間として透弥に接しているときと、恋人として接しているときの、ギルバートの切り替えの激しさだ。

（だって昨日のギルバート、ベッドの上ではめっっっちゃくちゃ甘かったよね？　恋人になった途端ベタベタしてくるタイプかと思ったら、仕事モードに入った瞬間いつものさっぱりした態度になるんだもんな）

多分、社内恋愛がうまいタイプだ。などと思いながら隣を歩く恋人を観察していると、ギルバートがぎこちなく視線を泳がせた。目尻をわずかに赤く染め、首の後ろに手を当てる。

「……見すぎだ。いい加減穴が開く」

「わっ！　ご、ごめん」

いくらなんでも露骨すぎたと、透弥はぱっとギルバートから身を離した。透弥の視線の意味は察したらしく、ギルバートが浅く息をつく。

「トウヤは俺にとって護衛の対象だ。野獣が出る可能性が少しでもある場所で油断はできない」

「分かってるって。本当ごめん、ちょっと落差が激しいから面白くて」

決して咎めていたわけではないのだと、透弥は顔の前で手を振って否定した。本心であることは伝わったらしく、ギルバートは肩の力を抜く。それから少し思案する様子を見せた。

「まあ、でも」

透弥の肩に手を置き、ギルバートが足を止めた。必然的に透弥も立ち止まることになり、きょとんとして彼を見上げる。

ギルバートはおもむろに上体を傾けると、透弥の顔を覗き込むようにしてすばやく唇を奪った。

呆気に取られる透弥にクスッと笑い、なにごともなかったかのように身を離す。

「不満があるなら隠さず打ち明けてくれ。恋人に我慢をさせたいわけじゃない」

軽やかな口調で告げて歩き出すギルバートに、透弥は一拍遅れて激しく動揺した。赤面していると分かる程度には顔が熱い。頭から湯気でも出ているのではないかとすら思う。

「あ～もう……」

真っ赤な顔を顰めて頭を抱え、透弥は困り果てた声を漏らした。恋人が格好よすぎて白旗しか揚げられない。こんな特大のデレが待っているなら、むしろ今のままのほうがギャップがあっていい。

そうやって時折ギルバートにからかわれながらも、透弥は山頂付近までやってきた。ナフィリィが棲む、真実の泉がある場所だ。

「えーっと、泉はどこに……あっ！　あそこじゃないかな」

勾配がきつくなってきた斜面に、ぽっかりと開けた部分が見えた。そこに小さな泉がある。直径一メートルほどの、雨上がりであれば水溜まりと見間違えてしまいそうな泉だ。この見つけにくさも、軽い気持ちでは真実の泉にたどり着けないと言われている所以《ゆえん》だった。

いそいそと泉に向かう透弥だが、水面が見える位置までやってきたところでぴたりと足を止めた。遅れて近寄ってきたギルバートが、「どうした？」と不思議そうに声をかけてくる。

隣に並んだギルバートが、鋭く息を呑むのが分かった。

二十六年前に魔王を討伐したあと、透弥は仲間たちとともに一度真実の泉を訪れていた。ナフィリィが『トーヤに、綺麗になったナフィリィの泉、見せたい！』と訴えたからだ。

そのときに見た泉は美しく澄んでいたはずなのに、今目の前にあるそれは、重油でも流し込んだように黒く変色していた。

「どうして……、ナフィリィ……ナ、ナフィリィはどこに行ったんだ!?」

　地面に手をついて泉を覗き、透弥は困惑を露わにする。真実の泉が濁ったのは、透弥が知る限り、闇の力に飲み込まれたとき――魔王が現れたときだけだ。

「魔王はやっぱり復活してたってこと……？　ど、どうしよう……ナフィリィは無事なのか？」

「分からない。とにかく紙の鳥を使って国王陛下に報告しよう」

　焦る透弥に代わり、ギルバートがソードホルダーに提げていた小さな鞄《かばん》を開いた。濁った泉に、懐かしい顔が映し出されたのはそのときだった。

『トーヤ……』

　垂れ耳ウサギのような容姿の精霊・ナフィリィが、泉の中から透弥に呼びかけていた。

「ナフィリィ!?　ナフィリィなのか!?　どうして真実の泉がこんなことに……ナフィリィは泉から出てこられ……」

『ナフィリィ、真実、教えてあげるよ』

　透弥は慌てて身を乗り出すが、ナフィリィは平然とした顔でその言葉を遮った。噛み合わない会話に混乱する。くるくるとよく表情が変わっていたナフィリィが、泉が濁るという危機の中、助けを訴えてこないのも奇妙だ。

　くりっとしたナフィリィの目が、透弥からギルバートへと移る。

『トーヤが好きなの、あなたじゃないよ。トーヤが好きなの、アーロンだよ』

　突然投げ込まれた爆弾に、二人を取りまく空気が凍りついた。言われた意味を正しく理解できず、頭が真っ白になる。

弾かれたようにギルバートをうかがうと、彼は真っ青な顔で立ち尽くしていた。ナフィリィの言葉に衝撃を受けているのが分かる。背筋に冷たいものが走り、透弥は必死に首を横に振った。

「違う！　そんなんじゃない！」

『違わないよ。トーヤが好きなの、アーロンだよ』

「なんでそんなでたらめを言うんだ、ナフィリィ！」

『ナフィリィ、真実しか言わない。全部ほんとのことだよ』

声を荒げる透弥に、ナフィリィは無邪気に答え続けた。自分が好きなのはギルバートだと確信したばかりなのに、頭の中を勝手に引っ掻き回され、情緒がぐちゃぐちゃになる。

そうじゃない。そんなことない。アーロンの面影を重ねてギルバートに恋をしたんじゃない。

でも、真実の泉の精霊は真実しか言わない。

「……俺は、トウヤにとっても親父の代わりでしかないのか……？」

訂正させようと躍起になる透弥の横で、ギルバートが呆然と漏らした。動揺に揺れる声に、体温が急激に下がっていく。

「こんなのなにかの間違いだよ！　僕が好きなのはギルバートだ！」

地面に膝をついたまま彼の腕を捕らえ、透弥は語気を強めた。その後ろで、ナフィリィが『間違いじゃないよー』と呑気《のんき》な声を出す。

ギルバートは唇を白くなるほど嚙みしめ、憤りと悲しみで拳をわななかせた。縋りつく透弥の手を勢いよく振り払う。

「なにが『父親がどんな人だとか関係ない』だ。結局トウヤも他の奴と同じじゃないか……！」

愛する人からの拒絶に、透弥は胸をざっくり裂かれたような気持ちになった。行き場を失った手を地面につき、力なくへたり込む。

どうしたらギルバートに信じてもらえるのか、透弥はまるで見当がつかなかった。まったく身に覚えがないと言い切れないのは、ほんの一時でも、「ギルバートをアーロンの代わりにしているのではないか」という懸念を抱いた瞬間があったためだ。

そんな一瞬の躊躇を、ギルバートは肯定と受け取ったらしい。春の森を閉じ込めたような、美しい緑色の双眸が、疑心と絶望でみるみるうちに曇っていく。

『かわいそう。かわいそう。トーヤ、かわいそう』

呆然とする透弥に、ナフィリィが声をかけ続ける。言葉とは裏腹にどこか楽しげな調子だった。

『トーヤが戻りたいノ、ここじゃないもんね。アーロンと、ナフィリィと、みんナで冒険してた時間だモんね』

朗らかだったはずの声が、まるで音声にノイズが入ったかのように、所々不自然に歪んだ。ぞわっとした怖気《おじけ》を覚え、透弥は真実の泉に顔を向ける。そこにナフィリィの姿はもうなかった。代わりに映っていたのは、黒い油にまみれ、赤い目を爛々と光らせる不気味な魔獣だった。

『一緒に戻ろウ、トーヤ』

直後、泉の中から魔獣の手が飛び出してきた。薄く平べったい手に捕らわれ、透弥は泉の中に引きずり込まれる。

「トウヤ!!」

すぐさまギルバートが腕を伸ばしてきたが、その手をつかむ前に引きずりこまれてしまう。暗く冷たい泉の中で、透弥の意識は途絶えた。


眩《まばゆ》い光の中を、三人組が歩いているのが見えた。

透弥がいる場所からは随分と距離がある。皆透弥に背中を向けていて、そのうち一人は女性だ。いや、女性的な服装をしているだけかもしれない。男性のうち一人は腰に長剣を差していた。

ギルバートとクリフ、ララだと思った。早く彼らと合流しなくては。勇者だなどと大層な肩書きのくせに、仲間より出遅れてしまうなんて不甲斐ない。

延々と続く白い景色の中を透弥は駆けていく。けれど三人に近づいたところで、見慣れた後ろ姿とは異なっていることに気づいた。それでいてどこか懐かしさも覚える。

『トーヤが会いたかったの、この三人でしょ』

唐突に頭の中に響いたのは、愛くるしい精霊の声だ。声に導かれるように、前を歩いていた人々が透弥を振り返った。そこに立っていたのは、厳つい風貌の斧使いと、おっとりとした雰囲気の女性神官だった。

そして神官の隣には、金と銀が混じった特徴的な髪色の、誰からも愛される天才剣士がいた。

「アーロン……」

ぽつりと名前を呼ぶと、十九歳のアーロンは人懐こい笑みを見せた。透弥に向かって手を伸ばし、『行くぞ、トウヤ！』と明るく告げる。

（そうだったっけ……？）

自分が今会いたいと望んでいるのは、十年前にともに戦った仲間たちなのだろうか。彼らとは別の、大切な人を呼ぼうとしたのに、先ほどまでは分かっていたはずの名前が出てこない。

まるで頭の中を、黒い油で塗りつぶされたかのように。

「……ヤ！　トウヤ！」

最初に戻ってきたのは聴覚だった。ぴくりと睫毛を震わせ、ゆっくりまぶたを開けた透弥の傍らで、誰かが懸命に体を揺さぶっている。長いピンク色の髪が頬を掠め、それがララだと気づいた。くすぐったさに身じろぐと、ララはほっとした様子を見せた。けれどすぐに「早く起きて！」と透弥を急《せ》かす。

いまだ夢から覚めきらないまま、床に手をついて上体を起こした透弥は、今いる場所が王都の神殿だと気づいた。腰の下には召喚用の大きな魔法陣がある。三ヵ月半前に透弥が召喚された場所だ。

「あれ……？　僕、真実の泉にいたはずじゃ……」

「なぜトウヤがここに現れたのかは分からないわ。神殿を守らなきゃと思って中に飛び込んだら、魔法陣の上に倒れているトウヤを見つけたの」

「神殿を守る？」

不穏な言葉にギクリとして、透弥は改めて周囲に目を走らせた。よく見れば、神殿内に設置された石膏像や柱がぼんやりと光をまとっている。ララによって防御魔法を施されているらしい。

耳を澄ますと、人々の騒ぎ声や足音が遠くに聞こえた。街の賑わいとは異なる喧噪《けんそう》に胸がざわめく。

ララに支えられて立ち上がった途端、透弥の体の下から、なにか小さなものが勢いよく飛び出してきた。パタパタと音を立て、透弥の前で羽ばたいているのは紙の鳥だ。

「一時間くらい前にわたしが送ったの。王都に魔獣が出現したことを知らせるために。黒い液体にまみれた、赤い目をした魔獣よ」

その特徴に、透弥を泉に引きずり込んだ魔獣の姿が目に浮かんだ。

「魔獣はいまだ王都を暴れ回ってる。騎士団が出動して戦っているけど、魔獣を王都から出さないように食い止め、住民は王都の外へ避難させるってだけで精一杯みたい。クリフもその中にいるわ」

ララの説明を聞きながら、透弥は急いで出入り口に向かう。そして扉の外に出た瞬間息を呑んだ。

多くの人で賑わっていた美しい王都は、様相を一変させていた。露店は無惨になぎ倒され、商品が道端に散乱している。レンガ造りの建物は、まるで水風船をぶつけられたあとのように黒い油で汚れていた。その間を住民が悲鳴をあげて逃げ惑い、彼らを騎士が大声で誘導している。

「なんなんだ、これ……」

「急ぎましょう。最後に見たとき魔獣は広場にいたけど、また移動してる可能性がある」

ララに促され、透弥は街に向かって駆け出した。より騒がしいほうへ向かっていけば魔獣がいる場所へたどり着くはずだと、ララが案内をしてくれる。

ララによると、今日の昼頃に突如として現れた魔獣は、長く伸びる手を使いありとあらゆるものを破壊したらしい。露店だけでなく、場所によってはレンガ造りの住宅までもが半壊状態にされた。出現場所の詳細は不明で、黒い靄をまとう姿から、野獣ではなく魔獣だと判断した。

しかし「奇妙なのよ」とララは眉を顰める。

「野獣が闇の力で錯乱させられた姿が魔獣なわけでしょ？　でも、いろんなパーティに加入してあちこちを冒険してきたわたしでも、あんな魔獣見たことない。コカトリスのときみたいに、『元の野獣はこれだ』って言えないの」

透弥も泉で出会った魔獣の正体は見当がつかなかった。「僕もその魔獣を見たと思う」と、真実の泉での出来事をララに語る。魔獣によって泉に引きずり込まれ、気づけば神殿に倒れていたことも。

事の次第を聞いたララは、考え込む素振りを見せた末、慎重に口を開いた。

「ねえ、その精霊……嘘をついたのよね？」

頷く透弥に、ララは表情を険しくする。嫌な予感がした。同じ予感を、ララも抱いているようだ。

石畳の道を走るうち、透弥とララは武装した騎士の集団を見つけた。王都の中心にある広場から、大通りに入ってすぐのところだった。集団の手前には、見慣れた赤茶の髪の騎士がいて、二人はすぐさま彼と合流する。

「魔獣の様子は？」

透弥が口早に問うと、クリフは固い表情で首を横に振った。

「物理攻撃を仕掛けても、黒魔導師による攻撃魔法を仕掛けても、めぼしい効果は得られていません。勇者様との冒険で、それなりに魔獣との戦闘経験は積んだつもりですが、これほど歯が立たない魔獣は初めてです」

クリフによると、魔獣のサイズは中型。長い手を使って物理的な破壊はするものの、毒や酸といった特殊攻撃は今のところ見られないそうだ。

しかしながらどれほど攻撃を重ねても、泥に剣を突き立てているような感触しかなく、まるで手応えがない。魔獣も一向に弱る気配を見せず、ただその侵攻を阻むことしかできないという。

彼に案内され、魔獣の姿が確認できる場所へ移動する。魔獣は粘度の高い黒色の油を滴らせながら、大通りをゆっくり進んでいた。

人間がおばけの振りをするときに頭からシーツを被るような、メンダコを連想させる姿だ。足元から頭までの高さは三メートルほど。全身を覆う黒い靄と赤い目が、十年前に戦った魔王を彷彿とさせるものの、人型だった魔王とは明らかに形状が異なっている。

特徴的なのは顔の両脇から生えた触手のような部位だ。高い位置から垂れ下がるそれを伸縮させて建物にぶつけ、破壊行動を繰り返していた。

（触手と呼ぶには随分平べったいな。かといって、腕だとしたら生えている場所が高いというか……なんだろう、……耳？）

あの形状の耳を垂らした精霊を、透弥はよく知っていた。頭の片隅にあった、的中してほしくなかった予感がより色濃くなる。

「ナフィリィなのか……？」

震える声でこぼした透弥に、ララとクリフが弾かれたように顔を向けた。クリフは「えっ？　それって真実の泉の精霊の？」と困惑するが、ララは固い表情で押し黙った。彼もきっと同じことを考えていたのだろう。

透弥のつぶやきを聞き取ったのは、二人だけではなかった。結構な距離を取っているはずなのに、勢いよく振り返った魔獣は、赤い目で的確に透弥を捕らえた。

ニチャッと粘着質な音を立て、黒い塊の中心に穴が開いた。半月型に変形する様に、それが口だと気づく。透弥を見つけた魔獣は嬉しそうに笑った。

『トォォォヤァアァ』

亀の歩みで進んでいた魔獣が、透弥目がけて猛然と突進してきた。

すぐさま前に出たララが、杖をかざして空中に魔法陣を描いた。そこから防御魔法を発動する。半球型のシールドに弾かれ、魔獣がよろめいた瞬間、右から回り込んだクリフが槍で胴を突いた。

ナフィリィへの攻撃に透弥は思わず息を呑む。しかし事前に聞いていたとおり、魔獣がダメージを負う様子はなかった。まるで顔の周りを飛ぶ蝿《はえ》を見るように、忌々しげな視線をクリフに向ける。

垂れ耳が瞬時に伸び、魔獣がぐるりと体を回転させた。勢いをつけた長い耳がクリフの横腹を狙う。強い力で弾き飛ばすつもりだ。

「逃げろ！　クリフ!!」

透弥の絶叫が大通りに響く中、クリフのすぐ横に誰かが割り込んだ。金と銀の髪が風になびく。

滑らかな動きで長剣を振るったギルバートは、目前に迫っていた魔獣の右耳を切り落とした。

『ギャアァアァアァアッ！』

どんな攻撃にも顔色一つ変えなかった魔獣が、全身にビリビリと響くほどの悲鳴を轟《とどろ》かせる。咄嗟に耳を手で押さえながら、透弥は遅れてやってきたその人に目を向けた。

ギルバートはクリフを連れ、全身を揺らしてのたうつ魔獣から距離を取った。顔にかかった黒い油を乱雑に手で拭う。魔獣の返り血だろう。

何十人もの騎士たちが一丸となっても傷一つ負わせることができなかったのに、ギルバートはたった一太刀でそれを成し得てしまった。大通りにいた騎士たちが「さすが……」と息を呑む中、ギルバートは平然と透弥のもとへやってくる。

「到着が遅れて悪かった。無事でよかった」

「むしろ早いくらいだよ。よく僕が王都にいるって分かったね」

「トウヤが泉に引きずり込まれた直後、ララから紙の鳥が届いたからな。書かれていた魔獣の特徴から、王都で暴れているのはトウヤを連れ去った奴と同じ個体だと判断した。あとはテレポート用魔道具と、俺の故郷にある魔法陣を使って王都に急いだってわけだ」

万が一にでも、透弥とギルバートが別々に行動しているとまずいと考え、ララはそれぞれに紙の鳥を飛ばしていたらしい。その機転に感心する。

「で、あいつは結局何者なんだ？」

石畳の上に転がった魔獣は、駄々《だだ》をこねる子供のように暴れていて、黒魔導師たちが数人がかりで包囲魔法を施していた。今のうちに身動きを封じるつもりだろう。

ララとクリフの目が透弥に向けられた。透弥は深く頷き、重々しく告げる。

「あの魔獣の正体は、真実の泉の精霊・ナフィリィだ」

かつて魔王討伐に一役買った精霊の、想像もしていなかった成れの果てに、ギルバートが言葉を失った。透弥は推察の理由を慎重に説明する。

泉で出会ったナフィリィは明らかに様子がおかしかったこと。透弥やアーロンとともに冒険をしていた思い出に固執し、透弥に『一緒に戻ろう』と言ったこと。

「これは僕の想像でしかないけど……、ナフィリィは僕をネスティニア王国に呼び戻したかったんじゃないかな。それで魔獣を生み出して、魔王が復活したんじゃないかと王国の人々を怯えさせた。魔王を討伐するには、勇者の手助けが必要不可欠だから」

　魔獣と化した現在の姿も、かつて対峙した魔王をナフィリィなりに再現したものだろう。

「精霊・ナフィリィは、真実以外を口にできないの。偽りを語ったら魂が濁ってしまうから。……あの精霊は、『魔王が復活した』という嘘をつき続けたせいで、精霊とは呼べない存在にまで堕《お》ちてしまったんだわ」

　白魔導師という職業柄、精霊に詳しいララが補足した。「きっと嬉しかったんでしょうね」と神妙な面持ちでつぶやいたのはクリフだ。

「勇者様たちと出会えて、寄り添ってもらえる仲間ができて。だから、泉に戻ってからの寂しさに耐えられなかったんじゃないでしょうか。みんなで過ごした楽しい時間を知ってしまったから」

　クリフの考察に透弥は胸が締めつけられた。「あの頃はよかった」と過去に縋って生きてきた透弥には、ナフィリィの気持ちが痛いほど分かる。

　それでも透弥には新しい出会いがあった。ララ、クリフ、それからギルバート。ときにはぶつかりながらも、協力して様々な困難を乗り越え、四人は本当の意味での仲間になっていった。

　けれどナフィリィにはそんな相手が現れなかったのだ。山頂付近の泉で、過去の輝かしい思い出に囚《とら》われたまま、永久に続く時間を一匹で過ごしていた。

（僕がアーロンに憧れていたことも、ナフィリィは知っていたんだろうな）

どんな真実をも導き出せるナフィリィは、人間の感情や記憶を覗く能力を持ち合わせている。もちろん、誰かに問われたわけでもないのに、他人の情報を勝手に探るのは御法度だ。

しかしなんとか透弥の心を得たかったナフィリィは、透弥が葛藤していた記憶を覗き見た。それで透弥とギルバートを揺さぶり、仲を引き裂こうとした。再召喚によって新たに出会い、恋に落ちたギルバートは、過去に執着するナフィリィにとって最も邪魔な存在だったはずだから。

冒険の中で時折感じていた奇妙な視線も、ナフィリィのものに違いない。望みどおり、再びネステイニア王国に戻ってきた透弥を、ナフィリィは自分のもとに導きたかった。だから魔王城跡地に真実の石を落として自分の存在を思い起こさせ、その動向を陰からうかがっていたのだろう。

「無垢《むく》な願いというのは、ときに恐ろしいまでの力を生み出すんだな。……ほら、そう簡単には捕らえられてくれないみたいだぞ」

ギルバートが視線を向けた先で、黒魔導師たちの悲鳴があがった。右耳を落とされ一度は怯んでいた魔獣が、再び激しく暴れ出したのだ。魔法陣の損傷により包囲魔法が解けてしまっている。

騎士たちを一瞥すると、ギルバートは整然とした調子で指示を出し始めた。

「第一部隊は俺とともに魔獣に攻撃を仕掛けろ。魔獣はトウヤに固執してるから、第二部隊はクリフを筆頭にトウヤの護衛に回れ。ララは黒魔導師たちと一緒に包囲魔法を組み直してほしい。白魔導師のララにとっては専門外だが、できそうか？」

ラライは長い髪を手でなびかせ、「わたしを誰だと思ってんのよ」と不敵に笑んだ。騎士たちは戸惑いを見せたものの、ララに続いて「はい！」と返事をした。ネスティニア王国が危機に陥る中、誰に従うのが最善かを瞬時に悟ったのだろう。

ギルバートは深く息を吸い込むと、最後に透弥に顔を向けた。

「あの魔獣が魔王に近い存在だとしたら、トウヤの光魔法を当てたあとなら騎士たちの攻撃も効くかもしれない。魔弓を使い、あの魔獣に定期的に光魔法を放ってもらいたい」

「魔弓を使って……」

魔獣に向かって魔弓を構える自分を想像し、透弥は思わず唾液を飲み下した。ギルバートの提案は試してみる価値がある。けれどあの魔獣が、ナフィリィの魂が堕ちた姿なのだと思うと、どうしても躊躇いが生まれてしまう。

野獣に当てるつもりで、うっかり仲間に怪我を負わせたらどうしよう。そんなふうに悩んでいたのとはわけが違う。今回は最初から、ナフィリィに狙いを定めて矢を射るのだ。

（僕に会いたいがために魔獣と化してしまったナフィリィを、僕の手で討つなんて……）

胸の上で拳を握る透弥を、ギルバートは静かに見つめていた。透弥が苦悩する理由を悟ったのだろう。慰めるように透弥の肩にぽんと手を置くと、青色のマントを翻して背中を向ける。

「とどめは俺が刺す。トウヤは魔獣の体に掠める程度に矢を当ててくれればそれでいい」

落ち着いた調子で告げ、ギルバートは騎士たちを率いて魔獣のもとへ向かった。彼の後ろ姿を言葉もなく見つめていた透弥は、一拍ののち背負っていた弓を下ろした。手早く矢を番える。光魔法を使って魔獣を倒せるなら、それが一番手っ取り早いうえに危険性も低い。けれどギルバートは透弥の心情を汲んで最大限譲歩してくれた。

（ギルバートの思いやりに応える戦いをしよう）

全身を揺らして怒り狂う魔獣目がけ、透弥は魔弓を構えた。滑らかに呪文を詠唱しつつ狙いを定める。一呼吸置き、矢を放った。

ビュンッと音を立てて飛び出した矢は、白い光を帯びながら風を切って進み、魔獣の頬を掠めた。傷口から光魔法が染みるらしく、魔獣がのたうち回る。その隙を狙い、ギルバート率いる第一部隊が攻撃を仕掛けた。

光魔法を受けた直後なら物理攻撃が効くのでは、というギルバートの読みは正しかった。槍で突かれても平然としていた魔獣が、騎士たちの攻撃に悶え始めたのだ。

手応えを覚えた騎士たちは、一層士気を上げていく。その中心にいるのがギルバートだった。

「着実に攻撃を重ねれば、絶対に討伐することができる！　光魔法の効果が消えて凶暴化したとしても臆せず、次の攻撃の機会を冷静に見極めろ！」

ギルバートの言葉に、騎士たちが「分かりました！」と答える。彼の言葉を疑う者は誰一人としていない。「騎士団の鼻つまみ者」などと言われていた過去を知るだけに、ギルバートが実力で彼らの信頼を勝ち得た事実に、透弥は胸が熱くなった。

魔獣が身動きできる範囲を、ララたちが包囲魔法で最小限に抑える。クリフたちに守られる中で透弥が光魔法を放ち、弱ったところをギルバートたちが攻撃する。連携が取れた完璧な流れの中で、魔獣は確実に体力を消耗していった。

『トオォヤ……トーヤァ……』

時折漏れる声は困惑と悲しみに満ちていて、透弥の胃をキリキリと痛めた。なぜ自分がこんな目に遭っているのか、ナフィリィはちっとも分かっていないのだろう。闇堕ちしてなお、微かに残っているナフィリィの記憶が、今もかつての仲間を追い求めている。

(ごめん、ナフィリィ。ごめん……っ)

罪悪感で押しつぶされそうになり、魔弓を持つ手が震えた。手の甲で涙を拭う透弥を、クリフが「大丈夫ですか？」と気遣う。

ゼエゼエと荒い息を漏らした魔獣は、口から黒い油を滴らせ、ぐるりと体を反転させた。透弥に背中を向け、力を振り絞ってどこかへ駆けていく。

「王都の外には住民が避難しているんだ、決して逃がすな！」

ギルバートの指示に、騎士たちが急いで魔獣を追った。透弥たちもそれに続く。

魔獣はボールのように跳ねながら、思いがけず俊敏な動きで王都を移動した。やがて魔獣の目的地が見えてくる。透弥が召喚された神殿だ。

重厚な造りの神殿目がけ、魔獣は躊躇なく突進した。ズンッ……と重い音が周囲に響き渡る。ララが防御魔法を施していなければ一撃で崩壊していただろう。石造りの壁に突っ込んでいく魔獣には、確固たる意思を感じた。

己の身が傷つくのも厭わず、魔獣は繰り返し神殿に激突する。

『トーヤ……カエラ、ナイデ……』

魔獣の暴挙に誰もが啞然とする中、弱々しい願いが透弥の耳に届いた。

（ナフィリィは、僕が元の世界に帰れないように神殿を壊そうとしているんだ）

刃で裂かれたような鋭い痛みが胸に走り、透弥はきつく眉を寄せた。クリフが止めるのも聞かず、ナフィリィのもとへ駆けていく。

「もうやめてくれナフィリィ！　僕はずっとここにいる！　どこにも行ったりしないから！」

大声で訴える透弥に、ギルバートが「隠れてろ！」と叫んだ。けれど透弥は目に涙を溜め、首を大きく横に振る。この憐《あわ》れな精霊を残し、安全な場所に一人身を潜めていることなどできない。

透弥の声に反応し、魔獣が動きを止めた。ゆっくりと振り返り、透弥に体の正面を向ける。

『トー、ヤ……』

「うん、僕だよ。また会えたね、ナフィリィ」

『トーヤ……言ッタ。必ズ、マタ会オウッテ、言ッタ』

懐かしい記憶を掘り起こすように、魔獣は訥々《とつとつ》と告げた。その言葉に透弥は戸惑う。十年前にネスティニア王国を離れる際、果たしてそんな約束をしただろうか。

前触れなくよみがえったのは、王都の神殿での一場面だ。

魔王の討伐を終え、透弥が現代日本に帰還する際、多くの人が神殿まで見送りにきてくれた。その中には、ともに冒険をした仲間の斧使いや神官……そして、ナフィリィもいた。

涙に暮れるナフィリィは聞いていたのだ。透弥とアーロンの会話を。

――また会おうな。

――うん、必ず。

激しい衝撃に貫かれ、透弥は呼吸をするのも忘れて硬直した。ナフィリィが過去に囚われ、魂を濁らせる原因を作ったのは、紛れもなく透弥だったのだ。

きっと叶わないだろうと互いに悟りながらも、アーロンと交わした別れの挨拶。そのやりとりを、ナフィリィは額面どおりに受け取った。本音と建前の使い分けなどしない、真実しか話さない無垢な精霊は、透弥の言葉を信じて二十六年間待ち続けていたのだ。

（僕が……僕があんな不用意な発言をしなければ……っ）

悔やんでも悔やみきれず、透弥は両目から大粒の涙を落とした。抱えきれないほどの罪悪感に苛《さいな》まれ、身じろぎ一つできない。その間に、魔獣が地を這うようにして近づいてくる。

視界の端でララが長い髪を乱して叫ぶのが見えた。

「とどめを刺せ、トウヤ！　一度闇に堕ちた精霊が元に戻ることはねえんだよ！」

荒い口調に余裕のなさがうかがえる。透弥は魔弓を握りしめるが、手が震えて力が入らず、とてもじゃないが構えることなどできない。だって全部、自分のせいなのに。表面的な言葉で取り繕って生きてきたせいでナフィリィを苦しめているのに。

魔獣が左耳を大きく振りかぶるのが見えた。魔力を込めて変形させたのか、先端は刃物のように鋭利になっている。

『ズウゥット、イッショ、トーヤ』

ノイズが入ったように醜く歪んだ魔獣の声。

かつて透弥の周りを飛び回っていた、愛くるしい精霊はもういない。

茫然《ぼうぜん》自失《じしつ》の透弥は、自分に向かって振り下ろされる黒い耳を前に立ち尽くした。ララとクリフの絶叫が聞こえる中、透弥の目の前に、一人の騎士がマントを翻して飛び込んできた。

ガツンッとなにかが割れるような音がした。同時にギルバートの腕に抱えられ、彼もろとも地面に倒れ込む。

「ぐっ……」

転倒の衝撃に顔が歪む。それでもギルバートが助けてくれたために、魔獣の攻撃は間一髪のところで避けられた。すぐそばで咳《せ》き込む音がして、透弥は慌てて彼を確認する。

胸を押さえて立ち上がったギルバートは、口から鮮血を吐いていた。

「ギ、ギルバー……」

「口を切っただけだ」

青ざめる透弥に短く答え、ギルバートは凛々しい双眸を魔獣に向けた。鬼気迫る顔で剣の柄を握り直し、勢いよく突撃する。

地面を蹴って高く跳び上がったギルバートは、魔獣の胸に剣を垂直に突き立てた。

『ギィイアアァア！』

地を裂くような断末魔の悲鳴が神殿の前に轟いた。それを合図に、神殿がミシミシと音を立てる。度重なる魔獣の突進に耐えきれなかったようだ。

激しい地鳴りとともに神殿が崩壊する。きっと魔法陣も損傷し、その機能を果たせなくなっただろう。透弥を元の世界に戻れないようにする、というナフィリィの目的は達せられたのだ。

舞い上がった粉塵《ふんじん》で一気に周囲が白くなった。口を手で覆って目をつむり、透弥はそれをやり過ごす。

ようやく視界が開けた頃には、魔獣は仰向けに転がったまま動かなくなっていた。

「やったぞ！　魔獣の討伐に成功したんだ！」

背後で騎士たちがワッと歓声をあげる。闇に堕ちた精霊の亡骸《なきがら》を前に、透弥は視線を落とした。すると、足元になにかが落ちていることに気づいた。

地面の上で真っ二つに割れていたのは、ギルバートが身に着けていた金属製の胸当てだった。魔獣の攻撃を受けて損傷したらしい。真っ赤な血がべったり付着する胸当てに、背筋が凍った。

慌てて魔獣の周囲を確認すると、すぐ横にギルバートが倒れていた。透弥は彼のもとへ転げるように駆けていく。

「ギルバート……ギルバート！」

傍らに屈《かが》み、肩の下に腕を差し入れて上体を抱き起こした。体の下にはおびただしい量の血が広がっている。胸当てがあったはずの場所に大きな切り傷が見え、透弥を庇った際に致命傷を負っていたことがうかがえた。

血にまみれたギルバートは、ぐったりと四肢を投げ出すばかりで目を開かない。

「嘘だろ……っ、なあ、嘘だって言ってくれよ！」

騎士団随一の腕前と言われた男の、予想していなかった姿に、透弥はひどく動転した。彼の顔色を確認したいのに、涙で視界が滲んでよく見えない。恐怖と混乱で手が激しく震える。

透弥の悲鳴に気づいたララとクリフが急いで駆けてきた。腕の中にいたギルバートもまた、金色の睫毛を微かに揺らす。美しいヘーゼルカラーの目は焦点が定まらず、透弥と視線が合わない。

それでも頬に透弥の涙が落ちると、ギルバートは赤く濡れた唇に弱々しい笑みを浮かべた。

「泣く、なよ……世話の焼ける、勇者様だ……」

こんな状況だというのに妙に穏やかな顔だった。すぐそばに屈んだララが治癒魔法の詠唱を始めた。けれどその横顔は青ざめ、こめかみから汗が流れている。ギルバートを包む光は微かなものだ。

コカトリスからクリフを守っていた場面を彷彿とさせる様子に、透弥はすべてを悟った。神殿への防御魔法と魔獣への包囲魔法で、ララは魔力をほとんど使い果たしてしまったのだ。

（ギルバートを助けられない……？）

絶望的な結末が頭を過り、目の前が真っ暗になる。自分のせいで、ナフィリィだけでなくギルバートまで失ってしまう。魔獣の攻撃を受ける前に透弥の手でとどめを刺していれば、少なくともギルバートが命の危機に瀕《ひん》することはなかったのに。

「僕が……、僕が、自分で決着をつけなかったから……ッ」

わなわなと唇を震わせ、蒼白な顔で涙を流し続ける透弥に、ギルバートがそっと手を伸ばした。頬から伝い落ちる涙を、指先で優しく拭う。

「俺が……とど、めを……刺す、約束……だっ……た……」

だから気にするなと、そう言いたいのだろう。続きは声にならず、ゴボッと音を立ててギルバートが鮮血を吐いた。

頬に触れた手を透弥は必死に握り返した。あれほど頼りがいがあったはずの大きな手に、今はほとんど力が入っていない。腕の中の命が今にも消えてしまいそうなことが、恐ろしくて仕方なかった。

「嫌だよ……！　僕はまだギルバートになにも返せてない。誤解だってまだ解いてないのに……っ」

自分が好きなのは間違いなくギルバートだ。アーロンの代わりなんかじゃない。こんなふうに愛しく思う人など、この先一生現れることはない。

けれどギルバートは「わかってる」とだけ返し、やわらかく微笑んだ。疲れ切った様子でまぶたを伏せ、透弥の胸に頬を寄せる。

「あえ、て……よかった……おれの、ゆ……しゃ……」

途切れ途切れに言葉を紡いだ唇が、ゆっくりと閉ざされる。ギルバートはそれきり動かなくなった。

想像もしていなかった仲間の最期に、ララとクリフは青ざめた顔で硬直している。

まだ温かい恋人の体をぎゅっと抱き、透弥は顔をぐしゃぐしゃにして泣いた。

「違う……っ、こ、こんな未来を望んでたんじゃない……！　僕はこんな世界に戻ってきたかったわけじゃないよ……！」

自分は一体どこで間違えたのだろう。魔獣と化したナフィリィに矢を放たなかったことか、ギルバートにアーロンの面影を重ねているのではと己の恋心を疑ったことか、そもそも十年前にナフィリィの前で「また会おう」なんて会話をしたことか。

後悔が多すぎて、いつの自分に憤ればいいのか分からない。これほど悲しい結末になるのなら、ギルバートと出会わなければよかった。勇者になんてならなければよかった……——。

『——じゃあ、トーヤはどこに戻りたいの？』

幼げな、無垢な声が聞こえてきたのはそのときだった。

勢いよく振り返った先に、ナフィリィがいた。魔獣の姿ではなく、ふわふわとした愛くるしい垂れ耳ウサギの精霊が宙に浮き、丸い目で透弥を見つめていた。

『神殿の魔法陣、あと一回だけ使えるよ。ナフィリィの力で、あと一回だけ使える。だから、トーヤが戻りたかった時間、いっぱい願って。そうしたら、ナフィリィ、ちゃんと連れていってあげる』

そう言ってナフィリィが小首を傾げた途端、透弥は真っ白な光に飲み込まれた。

＊＊＊

王城のバルコニーから覗くのは、夕焼けの中に沈む王都だった。手すりに手を置いてぼんやりとその光景を眺めていた透弥は、おもむろに周囲に目をやった。

透弥の滞在用に貸し与えられた客室は、豪奢な調度が揃っている。その中で一つだけ異彩を放つのが、シャツにネクタイ、スラックスといった高校の制服だ。初めて召喚された際、透弥が身に着けていたものだ。

（あれ……僕、確かナフィリィに「戻りたかった時間に連れていってあげる」って言われて……）

呆然として立ち尽くす中、客室の扉をノックする者がいた。戸惑いながらも返事をすると、ゆっくりと扉が開かれる。中に入ってきたのは、スラックスとシャツといった軽装のアーロンだった。

金と銀が入り交じった髪は、最後に見たときよりも艶がある。肌も皺がなく若々しい。神官による治療を受けたばかりの左目は、まだ虹彩の色がはっきりしていて、眼帯も装着していなかった。

透弥とともに冒険をした……透弥がかつて憧れていた、若かりし頃のアーロンがそこにいた。

「よっ、トウヤ。もう十分王国を見て回ったか？　明日には帰っちまうんだから、悔いを残さないようにしないとな」

朗らかな笑みを見せるアーロンに、透弥は「う、うん」とぎこちない返事をした。自分が今いるのは、どうやら十年前の帰還前日らしい。

(この瞬間に戻りたいって願ったってこと？　……僕が？)

予想していなかった時間への転移に、透弥は戸惑いを露わにした。透弥の様子がおかしいことに気づいたらしく、アーロンが「んん？」と首を傾げる。そのまま部屋に足を踏み入れた。

アーロンはバルコニーのそばに配置されたベッドの縁に腰かけ、ぽんぽんと隣を叩いた。座れということらしい。困惑しながらも従う透弥の顔を、アーロンが横から覗き込んできた。

「なんだよ、元気ねえな。あ、分かった。やっぱりアーロンと別れるのは寂しい～って感傷的になってんだろ」

「え……っと」

「そうだ！　せっかくだから、今日はトウヤの望みをなーんでも叶えてやるよ。我が儘言い放題だ」

おどけた調子で告げるアーロンに、透弥は「なんでも……」とつぶやいた。膝の上に腕を乗せ、おもむろに両手を開く。自分は一体、なにをつかみたくてこの時間に戻してもらったのだろう。

(僕が本気で願ったのは、初恋の成就ってことなのか……？)

十年前、確かに同じ場面があった。「なんでも望みを叶える」というアーロンの発言にドキッとしたものの、その正体が当時は分からなかった。どこか照れくさい思いで、「じゃあ今日は一晩中おしゃべりでもしてようか！」と返した気がする。

アーロンへの恋心があったからだと、胸が高鳴る理由を知っている今はどうなのだろう。彼に触れてほしいと望むのだろうか。自分の想いを受け止めてほしいと告げるのだろうか。そう言えなかったことが心残りで、この瞬間に戻ることを願ったのだろうか……。

釈然としない思いで膝に手を戻した透弥は、左肘に固いものがぶつかることに気づいた。なにかがポケットに入っているらしい。中身を確かめるべく、透弥はそこに手を差し入れる。

指につるりとしたものが触れた。全体像を確認するべく指先で輪郭を撫で、透弥は瞠目《どうもく》した。胸の中で渦を巻いていた、薄ぼんやりした違和感がはっきり形になる。

透弥は一度まぶたを伏せると、ふっと笑みをこぼした。それから元気よくベッドから腰を上げる。アーロンの正面に立ち、「それならさ」と明るく笑った。

「いつかアーロンが結婚して、男の子が生まれたら、その子に『ギルバート』って名前をつけてよ」

脈絡のない話題に、アーロンがぽかんと口を半開きにした。

「その子はさ、ちょっと愛想がなくて物言いがきついけど、それは真面目さの裏返しなんだ。本当は誰よりも愛情深くて優しい人。つらいことがたくさんあって、アーロンと距離ができちゃう時期もあるけど、絶対大丈夫だから。ギルバートはちゃんとアーロンを尊敬する」

彼の息子がいかに素晴らしい男に育つかを、透弥はよく知っていた。父親への劣等感を抱いていた彼は、打ち解けられる仲間と出会い、一回りも二回りも大きく成長する。わだかまりがあった騎士団の面々にだって、最後は信頼を置かれる存在になるのだ。

バルコニーから差すオレンジ色の光が、アーロンの顔を照らす。なにがなんだか分からないといった様子のアーロンに、透弥はとびきりの笑顔を見せた。

「アーロン、僕は君が大好きだった。君が僕の初恋だった」

日本に戻ってからの十年間、ずっとくすぶらせていた想いを打ち明ける。その言葉に、アーロンは息子と同じヘーゼルカラーの目を見開いた。

「でも、もう綺麗な思い出に縋って生きていくのは終わりにする。アーロンへの気持ちはとっくに過去のものになっていて、今はただ懐かしいだけの記憶だ」

ポケットの中にあるものをぎゅっと握り、透弥は迷いのない表情で告げた。

「今この瞬間、いや、この先ずっと続いていく未来も、僕が愛しているのはギルバートだ。あんなに誰かを守りたいと思ったことはない。初めての恋はアーロンだったけど、僕の人生の中で誰よりも特別なのは、ギルバート一人なんだ」

弱い自分から目を背けるため、ずっと過去にばかり思いを馳せていた。「アーロンと出会えたらもう一度自分を変えられるかも」なんて、二度と会えない人を言い訳にして現状から逃げていただけだ。

けれどもう逃げるのは終わりにする。輝かしい初恋の思い出に、過去の栄光に縋るのはやめる。

どんなに傷ついても、恥ずかしい思いや先が見えない不安を抱いたとしても、一緒に未来を歩いていきたい人がいるから。

「だから僕を帰してほしい。ギルバートと出会える世界に」

ポケットから取り出したものを、透弥は手のひらに乗せてアーロンに差し出した。オーバル型の曇りのない石は、真実の泉の水が凝固したものだ。

それは王都を出発する前に国王から預かった、嘘つきを見抜く真実の石だった。

「終わりにしよう、ナフィリィ。君の嘘はこれで最後にして。僕が本当に願った『戻りたい時間』は、この瞬間じゃないだろ？」

透弥は真実の石を手のひらから滑らせて落とした。床に触れた瞬間、真実の石はみるみるうちに変色する。真っ黒に濁った石はパキッと音を立ててひびが入り、粉々になって四方に散った。

嘘を見抜かれた空間がぐにゃりと歪む。まぶたを伏せた透弥は、自分の本当の願いをもう一度強く頭に浮かべた。

＊＊＊

目を開けて最初に視界に飛び込んできたのは、神殿を破壊するべく突進する魔獣の姿だった。騎士団の第一部隊とともに控えていたギルバートが「隠れてろ！」と透弥に声をかける。直前の透弥の言葉に反応した魔獣が、おもむろに振り返るのが見えた。

帰ってきた、と思った。

ナフィリィは約束を破らなかった。透弥の心を惑わすための最後の嘘を見抜かれ、とうとう諦めて本当に望んだ瞬間に転移させてくれたのだ。ギルバートの命を救える瞬間に。

『トー、ヤ……』

「……うん、僕だよ。また会えたね、ナフィリィ」

転移前と同じ台詞を透弥は繰り返した。自分の過去の過ちはすでに分かっている。ナフィリィの気持ちを考えるとツキッと胸が痛むが、透弥は細く息を吐いて揺らぎそうになる心を落ち着けた。

よたよたと巨体を揺らし、透弥に体の正面を向けた魔獣が、嬉しそうに口許をゆるめた。

『トーヤ……言ッタ。必ズ、マタ会オウッテ、言ッタ』

透弥はもう泣かなかった。涙で視界が滲んでいたときは気づかなかったが、懐かしい記憶をたどっているときの魔獣は、どこか優しい顔をしていた。きっとあの瞬間、ナフィリィの自我が強く表に出ていたのだろう。

魔弓を握り直した透弥は、矢筒に右手をかけた。矢筈を摘んで一本取り出し、弓に番える。

（ひどいことをした）

自分の手でナフィリィを葬りたくない。そんな考えで守れたのは自らの心だけだ。何度も中途半端に矢を射られ、弱ったところを騎士たちに攻撃され、ナフィリィの苦痛を悪戯に長引かせてしまった。思い出に縋って生きるナフィリィは、今までの透弥と一緒だ。だからこそ透弥が決着をつけなくてはならなかった。

「とどめを刺せ、トウヤ！　一度闇に堕ちた精霊が元に戻ることは……」

「分かってる」

声を荒げるララに短く返し、透弥は背筋を正して弓を構えた。ナフィリィとしての自我を失った魔獣が、錯乱状態で透弥に向かってくる。その眉間に狙いを定めた。

悪戯をして透弥の気を引こうとした、幼子のようなナフィリィ。透弥の可愛い、無垢な精霊。

「聖なる光よ。闇を打ち消し、どうか……愛すべき精霊に加護を」

込み上げてくる感情で喉を詰まらせながらも、透弥は呪文を詠唱した。弓のしなりを借りて矢は勢いよく飛び出す。光魔法を蓄えて白く輝いた矢は、寸分の狂いもなく魔獣の中心に突き刺さった。

断末魔の悲鳴はあがらなかった。矢を受けた体が発光したかと思うと、内側から放たれる強烈な光が魔獣を飲み込んでいく。

黒ずんだ体は、頭部から足にかけて消し炭のようにぼろぼろと崩れ堕ちた。ナフィリィが透弥を呼び戻すために変えた姿は、時間をかけてゆっくりと消滅していった。

魔獣がすっかり消えてなくなったあとも、光の球は残り続けていた。宙にふわふわと浮遊する球の中心に見慣れた姿がある。一呼吸置いてから、透弥はおもむろにそれに近づいていく。

眩い輝きを放ちながら透弥を見つめていたのは、精霊の姿のナフィリィだった。長い耳を垂らして小首を傾げる様が愛らしい。よしよし、と頭を撫でてやると嬉しそうに目を細める。

「寂しい思いをさせてごめんね、ナフィリィ」

穏やかな心境で透弥は微笑んだ。その拍子に、右目からぼろっと涙が落ちる。すべてが終わった安

堵と、ナフィリィを救えなかった申し訳なさ、別れを寂しく思う気持ち。様々な感情がごちゃごちゃになって、温かな涙が流れていく。

『トーヤ、大好き。ずっと一緒』

にこにこと明るく笑むナフィリィに、透弥は「うん」と頷いた。上辺の言葉ではなく、本心から、今度こそナフィリィと一緒にいたいと思った。

「ナフィリィがまたこの世界に生まれたら、また僕の仲間になって、一緒に冒険しようね」

その言葉に、ナフィリィは嬉しそうに目を細めた。透弥の手のひらを鼻先でツンツンとつついたと思ったら、次の瞬間、弾けるように消えた。光の球があったところから、小さな種がついた綿毛が飛び出してくる。

真っ白な綿毛は風に乗り、崩壊した神殿を囲うように飛んでいった。その様子を言葉もなく見つめていた透弥は、自分がなにかを握っていることに遅れて気づく。

ナフィリィの頭に置いていた右手には、真実の石があった。通常の綺麗なオーバル型ではなく、少し形が歪《いびつ》で、傷も見られる。けれど透弥はその不完全さを愛らしいと思った。

石を見つめ、無言で涙を落とし続ける透弥に、ギルバートが近づいてくる。傍らに立った彼は、なにも言わず透弥の頭を抱き寄せた。透弥もされるがまま彼の首筋に顔を埋める。

（よかった。生きてる……）

ギルバートの体温を全身で確かめていると、彼を失ったときの恐怖がよみがえると同時に、強烈な安堵が込み上げてきた。そのせいでますます目頭が熱くなり、ギルバートに抱きしめられたまま透弥は泣き続ける。背後で歓声をあげているのは騎士たちだろう。

　大きな手に優しく髪を撫でられ、透弥は堪らず彼の胸に縋った。

「トウヤが、あの精霊に矢を放てるとは思っていなかった。……格好いいところをすべて持っていかれてしまったな」

　つらくないか、と聞かないのはギルバートなりの気遣いだろう。つらくないはずがないのに、透弥に「大丈夫」と答えさせたくないのだ。彼のそんなところを、愛しい、と思う。

「いいんだよ。ギルバートはその前に、十分格好いいところを見せたんだから」

　身を預けたまま微笑む透弥に、ギルバートは「そうか？」と頭を掻いた。彼はきっと、大通りでの戦いについての話だと思っているのだろう。勘違いを正すつもりはない。彼が命を落とす未来もあったことは、この先も透弥だけが知っていればいい。

「あのさ、ギルバート。僕、ちゃんと伝えておきたくて」

　そっと身を離した透弥は、濡れた目許を手の甲で拭ったのち、ギルバートに顔を向けた。「ん？」と小さく首を傾げる彼を見つめ、意を決して打ち明ける。

「十年前、僕がアーロンに恋をしていたのは本当だ。当時は気づかなかったけど、初恋だった」

　透弥の真摯な言葉に、ギルバートはわずかに目を見開き、それから「ああ」と静かに頷いた。その穏やかな表情に透弥の裏切りを疑う気配はない。

透弥が次になにを言おうとしているのか、ギルバートはきちんと分かっている。ぶつかり合いながらも積み重ねた信頼が、彼の中に根付いているのだ。

「だからといって、ギルバートを好きになった気持ちに、アーロンはこれっぽっちも関係してない。だから信じてほしい。今の僕が好きなのはギルバートだけだ。この先もずっと、ギルバートだけ愛してる」

至近距離での告白に、ギルバートは目を丸くした。予想よりもずっと熱烈だったのだろう。ぶはっと噴き出したかと思うと、鋭い双眸を細めて破顔する。目尻はわずかに赤く染まっていて、照れているのが伝わってきた。

「本当、俺の勇者様は格好いいな」

眉尻を下げ、まいったとでも言いたげに笑う彼の、その幸せそうな表情に胸がいっぱいになった。

騎士たちの喜びの渦は少しばかり落ち着きを見せたようだが、透弥たちのもとへ寄ってくる気配はない。ちらりと見れば、誰もがそわそわと落ち着かない様子で透弥とギルバートを見守っているのが分かる。二人の会話が聞こえる距離ではないので、親しい友人としての距離感なのか、恋人同士なのかを判断しかねているのだろう。

そのそばで、ララとクリフだけは心得顔で佇んでいた。悪戯心が湧き、透弥はもう一度ギルバートに目を向けた。

「格好いいついでに、もう一つ出番をもらってもいい？」

そう言うと、透弥はギルバートの肩に手を置いた。踵《かかと》を浮かせ、きょとんとする彼の唇にキスをする。

二人の関係が明確になったことで、透弥たちに注目していた騎士たちがワーッと湧き立った。魔獣を倒したとき以上に色めき立っているように感じるのは気のせいだろうか。

そっと唇を離すと、ギルバートは耳まで真っ赤に染め、狼狽していた。「やられた……」と額に手を当てて顔を隠す様子が可愛くて仕方ない。あまり人前でベタベタしない派なのは知っていたが、こんなに可愛くて格好いい年下の騎士との恋を叶えたのだから、少しは浮かれさせてほしい。いまだ頬を赤らめたまま、ギルバートは首の後ろに手を当て、なにやら考える素振りを見せた。やがて観念した様子で、透弥の腰を抱き体を密着させる。

「どんなに鍛錬を積もうが、トウヤには敵う気がしないな」

楽しそうに笑って顔を傾け、今度はギルバートからキスをした。彼の体温を……生きている実感を得る優しいキス。

騎士たちの歓声を背後に聞きながら、透弥は幸せな気持ちで彼の唇を受け止めていた。

魔獣出現の原因解明、及び王都に出現した魔獣討伐を讃える祝宴は、魔獣によって荒らされた街をあらかた片づけてから行われた。宴《うたげ》は三日三晩にわたって催される。勇者である透弥のネスティニア王国永住が決まったため、歓迎の意味も込められているという。

　一日目と二日目の夜は、王城で開催された貴族向けの祝賀会に参加する必要があったが、三日目は丸一日自由だ。透弥とギルバートは身分を隠し、城下町で行われている庶民の祝宴に忍び込んだ。

　祝宴中はどれほど飲み食いしても、費用はすべて王国が負担するらしい。この期間に稼げるだけ稼いでおかねばと、食堂も酒場も祝宴の三日間だけは昼夜を問わず営業していた。

　店の端で吟遊詩人が歌を披露する中、酒場のカウンター席に着いた透弥とギルバートは、軽食を食べつつ酒を一杯引っかけていた。まだ日は高いもののすでに多くの客で賑わっていて、店内は満員御礼だ。赤ら顔で眠りこける中年男性に、気の強い女将が「邪魔だから帰んな！」と目を剝いている。

　庶民に見えるよう今日は麻のシャツとパンツを着ているが、隣に座った男性客に、

「兄ちゃんたち、なんだか品がいいな。どっかの商会の息子かい？」

などと指摘され、透弥は危うく酒を噴きそうになった。

「ただの冒険者だよ。たまたま王都にやってきたところで祝宴が始まったから、ありがたくタダ飯にありついてるってわけさ」

　意外にもギルバートは演技派で、しれっと嘘をつきながら平民の会話に混じった。「そうだそうだ、いっぱい食え！」と他の客にも言われ、透弥も上機嫌で骨付きソーセージに嚙みついた。

「兄ちゃんたちは聞いたかい？　勇者様の護衛を務めた騎士様の話！　例の二代目英雄の話をさ！」

　嬉々として話しかけてくる男性客に、今度はギルバートが噎《む》せそうになった。彼にハンカチを差し出しつつ、透弥は「どんな話なんですか？」と愛想よく尋ねる。すると後ろのテーブル席にいた客までもが、「なんだなんだ、知らないのかい」と一緒になって語り出した。

「偉大なる功績を讃え、英雄であるアーロン様と同じ、男爵の称号を授けようって国王陛下からお話があったそうなんだけどよ。なんと騎士様は辞退されたらしいんだよ！」

「この王国を守るのは騎士として当然の務めだから、すべての栄誉を辞退する。その代わり、自分に授与される予定だった褒賞を、貧しい地域の人々の援助に回してほしい……って言ったんだと！」

「そのうえだよ！　野獣被害に遭っても、冒険者を雇えないような小さな村の人たちにこそ、王国によって派遣される騎士の助けが必要なんじゃないかって、貴族が住む街にばかり騎士が派遣される現状に苦言を呈したらしいんだぜ。庶民に寄り添える騎士様がいるんだなって感動しちまったよなあ」

「英雄の子はとんだ放蕩息子だって聞いてたけど、蓋を開けてみりゃこのうえなく立派な騎士様だったよなあ。誰だよ、出任せを言ってたのは」

件《くだん》の「騎士様」を口々に褒め称《たた》える客に、ギルバートは「そうか」と困ったように眉尻を下げた。まさか庶民にまで話が広がっているとは思ってもみなかったのだろう。

　客たちが騎士の話で盛り上がる中、透弥は口許をにやけさせながらギルバートの脇腹を小突く。

「だから言っただろ？　大事《おおごと》になるぞって」

「別に騒がれるほどのことをしたつもりはないんだがな……」

祝宴に先駆けて行われた式典で、ギルバートは客たちが噂していたとおりのことを実行した。

爵位の辞退と、褒賞の活用法、貧しい地域の野獣被害についての提言。参加した貴族はどよめいたが、国王は彼の言葉にいたく感銘を受けた。彼の申し出をすべて受け入れ、特に小さな町村への援助については早急に進めると約束してくれた。

式典に参加した貴族が侍女に、侍女が買い物ついでに店主に話して回った結果、身分など関係なく救いの手を差し伸べようとするギルバートの志は、王都中に知られるところとなった。

父親は、魔王の手から王国を守った英雄。その息子は、貧しい人々のために立ち上がった英雄。こうしてギルバートは、二代目英雄などという異名を得たのだった。

「まあ、正直に言えばその点は僕もちょっと不本意なんだけどさ」

葡萄《ぶどう》酒を口に含みつつ、透弥は肩を竦めてみせた。ウイスキーを飲んでいたギルバートが、グラスの中の氷を揺らしつつ「なにがだ？」と尋ねてくる。

「わざわざアーロンの存在を引っ張り出して、『二代目』なんて言い方をしなくてもいいのになって。ギルバート個人の働きを見ても、十分すぎるほど王国に貢献してるのに」

少しばかり酔ってきたせいだろうか。いまだなおアーロンありきの物言いをする人がいるのが悔しくて、つい愚痴っぽくなる。

しかし当のギルバートは彼らの話などどこ吹く風だった。まるで他人事のような顔で自分の噂話に耳を傾けつつ、のんびりとウイスキーを味わう。

「二代目だろうがなんだろうが、好きなように言わせておけばいい。血筋にとらわれず、自分だけを見てくれる人がきちんと存在すると分かっているから、俺は大丈夫だ」

　そもそも英雄なんて言葉に興味はないしな、と付け足して、ギルバートは鷹揚《おうよう》に微笑んだ。出会った頃のピリピリした雰囲気からは想像もつかない態度に、透弥は感動するやらときめくやらで忙しかった。火照った頬を手で押さえ、「ううっ、ずるい」と漏らす。

　透弥たちが穏やかなやりとりをする一方で、ギルバートへの賞賛で盛り上がっていた客たちは、なにやら会話の流れが不穏になっていた。

「いやー、でもさあ。息子の無欲さを思うと、アーロン様はちゃっかり爵位をもらってんのが気になってこねえか？」

　思わず透弥とギルバートが振り返ると、客たちは父親であるアーロンについて文句を言い始めていた。これにはさすがに苦笑しか出ない。結局のところ、似たような境遇の人が揃えば、彼らを見比べて勝手に善し悪しをつけたがるのが人間の性《さが》のようだ。

「勝手だなあ……」

「まあ、俺が苦労した分を親父も多少経験してみろってことだ」

　こそこそと感想を言い合い、グラスと皿を空にして席を立つ。客の一人が「兄ちゃんたち、もういいのかい？」と顔を上げた。

「ああ、このあと大事な用があるからな。……それと、ちなみになんだが」

テーブルの横を通りながら、ギルバートは平然とした調子で続ける。

「親父なりに、爵位を持ったことでの大変さはあったんだろうし、外側からじゃよく見えないことはいくらでもあるんじゃないか？　親父のこと、俺はそれなりに尊敬しているぞ」

ごく自然な流れで自分の正体を明かしたギルバートに、透弥は肩を震わせて笑いを堪えた。言われた意味が分かっていないようで、客たちはグラスを手にぽかんとしている。

先に歩き出したギルバートが、「行くぞ、トウヤ」と透弥を呼んだことで、ようやく客の一人がぎょっとした顔を見せた。勇者の名前というのもそれなりに知名度があるらしい。

「待ってよ、ギルバート」

透弥もさりげなく名前を呼びながらギルバートを追いかけた。店を出た直後、中から「えええっ!?」と悲鳴じみた声があがったので、二人で大笑いしてしまう。道行く人々が不思議そうな眼差しを寄越すが、大方ただの酔っ払いだと思われているだろう。

「可哀相に。騎士様の前でとんでもない発言をしてしまった、って今頃青ざめてるよ」

「可哀相なんて言葉は、そんなふうに楽しそうに言うものじゃないと思うがな」

二人の間を飛び交う会話は相変わらず軽やかだ。気の合う仲間としての距離感は気楽で楽しい。けれど時々は恋人としての距離感も味わいたくなって、透弥はそっとギルバートの指先に触れる。

「……大事な用なんだ？」

ギルバートが客に告げた言葉を思い出し、潜めた声で悪戯っぽく尋ねた。ギルバートはすぐに透弥の手を握ってくれる。慈愛のこもった眼差しを惜しげもなく注がれ、胸が満たされていく。

「大事に決まってるだろ」

　どこか甘い気配のある返事に、「ギルバートもちょっとは酔ってるのかも」と思った。人でごった返した祝宴中の王都を、透弥とギルバートは手を繋いで進む。いつの間にか二人とも無言になっていて、それが余計に逸《はや》る気持ちを表しているようで恥ずかしかった。


　王城の客室は、バルコニーから城下町の街並みを眺めることができた。

　青空の下、太陽の光を燦々《さんさん》と浴びたレンガ造りの建物は、その鮮やかなオレンジ色がはっきりと分かる。王城と城下町は距離があるが、祝宴が続いているからか、窓の外に広がる景色もどことなく活気があるように見えた。

　そんな爽やかな景色を左手に臨みながら、大きなベッドの中心に仰向けになった透弥は、のしかかってくるギルバートの唇を受け止めていた。互いにすでに入浴を済ませ、腰紐で留める羽織型の寝間着をまとっている。

「ん……っ、……ふ……」

　透弥に身を重ね、背中の下に腕を差し入れて抱き竦めてくるギルバートは、唾液に濡れた唇を何度も啄んだ。やわらかな感触を堪能するように味わい、浅い場所に舌を出入りさせて透弥の舌先をくすぐっては、反応を見て楽しんでいる。

甘い戯れに透弥はとろんとした視線を返し、自ら舌を突き出してギルバートを誘った。すぐにギルバートが吸いつき、分厚い舌を絡め合わせて口腔をねぶる。熱い肉に頬の内側を擦られ、じっくりと歯列をたどられて、嬲られる快感に透弥は息を濡らした。

「ぁふ……」

「……気持ちいいか？」

「うん……もっとして」

二の腕に縋ってねだると、ギルバートは満足そうに微笑み、「分かった」と再び唇を塞いだ。

ギルバートのキスは決して荒々しいわけではないのに濃密で、純度の高い蜂蜜を彷彿とさせる。唾液を絡ませながらねっとりと舌を舐められると、粘度の高い蜜で味つけされた体を、時間をかけて貪られているような錯覚に陥った。

透弥の唇をたっぷり愛し、ギルバートがおもむろに上体を起こす頃には、透弥は身も心もとろとろに蕩けてしまっていた。陶然とした視線を向ける透弥に対し、己の唇をぺろりと舐め取るギルバートはまだ余裕がある。透弥のほうはすでに食い尽くされたような気持ちでいるのに、彼にとってはまだほんの味見の段階なのだ。

頬や鼻先、眉間と、顔中にキスを降らせるギルバートを、透弥はぼんやりと見つめた。

「ね……、王城のベッドでこんなことして、本当に大丈夫なんだっけ……？」

官能的な口付けに溺れておきながら今さらだとは思うが、尋ねずにはいられなかった。背中に触れるシーツは滑らかで、上等な品であることがよく分かる。ベッドだってきっと恐れおののくような金額だろう。

　祝宴の間、騎士団は主に王都の警備に当たっている。しかしギルバートとクリフは、ララや透弥を含めた褒賞の対象者であり、祝宴の主役だ。この三日間は休暇が与えられている。

　とはいえ皆が働いている中、寮にいては休みづらいだろうからと、期間中はギルバートとクリフにも王城の客室が貸し与えられた。

　元々祝宴の三日目はギルバートと過ごすつもりでいたが、二日目の祝賀会のあと、部屋に戻ろうとした際に「明日の午後は透弥の部屋に行きたい」と彼から耳打ちされた。その言葉が意味するところを察し、透弥はしばらく顔の赤みが取れなかった。

　そういった流れで、城下町から戻ったあとはいそいそと入浴を済ませ、ギルバートがやってくるのを今か今かと待っていた。自分だって楽しみにしていたくせに、興醒めするようなことを言うなと呆れられるかもしれないが、気になるものは気になる。

　しかしギルバートは顔を顰めるでも呆れるでもなく、「ああ」と言って上体を起こした。いつの間に忍ばせていたのか、枕元から薄紫色の小瓶を取り出す。それは香水の瓶のような凝った形をしていて、中に透明な液体が入っていた。

「祝宴が始まる前に王太子殿下からいただいた」

「王太子殿下から？　え、なにかの薬？」

「潤滑剤だそうだ。男を抱くときに使う」

予想の斜め上をいく返答に、透弥は派手に噎せた。ギルバートが「大丈夫か？」と尋ねてくるが、全然大丈夫ではない。精神的に。

「ど、どういう……、……王太子殿下って僕たちが恋人同士だって知ってるの!?」

思い至った可能性に悲鳴が出そうになるが、ギルバートは眉尻を下げ、「あのな」と困った様子で笑った。

「知ってるもなにも、発端はトウヤだろ？　騎士団の連中が見ている前でキスをするもんだから、寮に戻ってから冷やかされっぱなしだ。いつから恋愛関係になったのかとか、どうやって勇者様を口説いたんだとか、とにかく質問攻めで……ったく、色恋の話ではしゃぐ乙女じゃあるまいし。あんなに騎士たちと話をしたのは初めてだ」

やれやれといった調子で語るギルバートだが、まんざらでもなさそうな顔をしていた。今まで距離があった騎士団の面々とも徐々に打ち解けてきたことが、やはり彼にとっても喜ばしいのだろう。

その様子を微笑ましいと思う反面、まさか王太子の耳にまで届いていたとは……と思うと、己の軽率さを呪いたくなる。おまけに閨《ねや》事情の心配までされるとは。穴があったら入りたいとはまさにこのことだ。

「……でも、ギルバートからもキスした」

赤くなった顔を両手で覆いながら、透弥は消え入りそうな声で反論した。自分に非があるのは百も承知だが、恥ずかしすぎてなにかに噛みつかないと気が済まない。

「ああ、そうだな」

対するギルバートは涼しい顔で、透弥の手の甲にキスを落とすと、手首にゆるく指を絡める。

「トウヤが可愛すぎて我慢ができなかった。今も可愛すぎて、もっとキスをしたくなる。……だから手をどけてくれないか」

穏やかな口調で乞われ、透弥は拗ねた子供のように唇を尖らせた。ずるい、と思う。この年下の騎士は、任務の最中は冷静沈着なくせに、ベッドに入った途端にがらりと雰囲気を変えるのだ。この甘くて幸福な空気に浸されたら、とてもじゃないが彼の願いを拒むことなどできない。

透弥がそっと手を下ろすと、ギルバートが「ありがとう」と微笑んだ。顔を寄せられ、ごく自然に目を閉じる。先ほどとは違い、労るような優しいキスをくれた。

「王太子殿下、なんか言ってた……？」

唇を啄まれ、うっとりと目を細めながら問う。

「寝具の汚れなら気にしなくていい。侍女たちはあくまで仕事として客室を整えるだけだと」

「うー……」

「そこまで照れなくていい。父親同士が親しいために、年齢が近い王太子殿下とは幼少期に何度か顔を合わせていたんだ。俺が騎士団に入ってからも気にかけてくれていたようでな。『ギルバートの心を溶かしてくれる人ができて安心した』と嬉しそうに言っていた」

だからあれこれ世話を焼きたくなるのだろうと、ギルバートは和やかな表情で説明した。なるほど、と透弥は納得する。専属護衛騎士の話を保留にしたり、透弥と話すための場所として庭園を提供したりと、随分寛容だなと思っていたのだ。

ギルバートを大切に思う人がたくさんいたことは、透弥にとっても嬉しい発見だ。いまだ恥ずかしさはあるが、拗ねてばかりいては時間がもったいない。ギルバートの頬を両手で包むと、今度は透弥からキスをした。

「続きをしよっか」

鼻先がぶつかりそうな距離で誘うと、ギルバートが淡い笑みを見せた。再び体を密着させ、透弥の顔の輪郭から耳にかけてを唇でたどっていく。やがて首筋をぬめった舌が這い始めた。

「あ……」

大きな手で寝間着の上から背中を撫でられ、透弥は熱を孕んだ息を漏らした。透弥の襟元を開いたギルバートが、露出した肩や鎖骨のくぼみに舌先を捻じ込む。熱く湿った舌に汚されるのが堪らない。透弥も彼の背中に腕を回し、筋肉質な体を寝間着越しに愛撫した。

衣擦《きぬず》れと吐息の音だけが客室に響く中、透弥は年下の男に全身をまさぐられながら、バルコニーに視線を投げた。窓の外の明るく爽やかな景色と、自分たちの淫靡な空気があまりに噛み合わない。

（こんな真っ昼間に、自分たちのための祝宴が行われている中で、僕とギルバートは部屋にこもっていやらしいことをしてるんだ……）

そう思うと、全身がしっとりと濡れ、唇から漏れる声が甘く切なく色づいていく。

「あ、ぅん……っ、ギルバート……」

「うん……？」

「なん、か……今、すごく……いけないことをしてる気分……」

ギルバートに肌を舐められるたびに、ぴくぴくっと身を跳ねさせながら、透弥は膝を立ててギルバートの体を挟んだ。彼の腰に右足を絡め、下腹部を密着させる。二人とも寝間着越しでも分かるほどに中心が張っていて、互いに興奮の中にいると分かる。

「いけないことをしてるだろ」

透弥の耳に唇を寄せ、ギルバートが劣情に掠れた声を漏らした。彼の右手が透弥の尻に下り、肉を揉みしだく。腰を引き寄せられる形になり、重なっていた中心がより強くぶつかり合う。

「ぁ、ん、っあ」

「ずっと憧れていた人を、王国を二度も救った勇者を腕の中に閉じ込めて、淫らな行為に耽っているんだ」

「はぁっ、あ……ッ」

「こんなの、許されるわけがないだろ」

いけないことだと耳に直接声を注がれるたび、頭の芯まで甘く痺れてなにも考えられなくなる。倒錯的な快楽に目眩がした。ギルバートの固い雄を擦りつけられ、透弥は興奮のあまり中心をしとどに濡らした。

　ギルバートの顔を手で包むと、自分のもとへ引き寄せ唇を合わせた。すぐに舌が絡み、唾液を滴らせながら淫猥《いんわい》なキスをする。

「……ギルバートだけは、許してあげるよ」

　唇を繋いだまま、呼吸の合間に囁く。内緒話をするような声音だったが、ギルバートの耳にはきちんと届いたらしい。下肢を固定する手に力が入ったと思うと、唐突に激しく腰を揺らされた。

「あァッ！」

　勃起した雄を強く刺激され、透弥は堪らず身を捩《よじ》った。しかしたくましい腕によって逃げを打てず、透弥はされるがままギルバートと股間を擦り合わせる。透弥の寝間着が先走りでぐっしょりと濡れているせいで、律動のたびにぐちゅぐちゅと卑猥な音が漏れた。

「あっ、あっ、イく……っ！　出ちゃうっ」

「ああ、好きなだけ出せ。俺もトウヤのここに出す」

「んぁっ、出るっ、でる、ぁ、あ……——ッ！」

　ギルバートの背中を抱き、透弥はまぶたを伏せて快楽に飲み込まれた。寝間着の中で温かい体液が溢れ、透弥は恍惚の表情を浮かべる。少し遅れてギルバートも射精した。汗みずくの体で抱き合ったまま、互いにしばし絶頂の余韻に浸る。

　やがて上体を起こしたギルバートは、体液にまみれた寝間着を脱ぎ捨てた。透弥のものも脱がせ、同じようにベッドの下に放る。二人とも下着は穿《は》いていなかったため、一糸まとわぬ姿になった。ギルバートの鍛え上げられた肉体は、神々を模した石膏像のように美しかった。全身にバランスよく筋肉がついていて、雄の色香に溢れている。

堪らない気持ちになって腕を伸ばすと、ギルバートもすぐに察して抱きしめてくれた。全身で彼の体温を感じられる心地よさに、透弥は安堵の息を漏らす。もっと深く繋がりたい気持ちと、こうして抱き合うだけで満たされる気持ちが両方ある。不思議だけれど、どちらも本心な気がした。

「せっかくいただいたんだし、使ってみるか」

わずかに上体を離したギルバートが、例の小瓶を取り出した。これから触れられる場所を察し、ドキッとする。小瓶を足元のほうに置き、ギルバートは体を後退させた。

透弥の首筋や鎖骨にキスを降らせながら移動し、胸に顔を寄せて左の乳首を唇でやわやわと食む。子猫が母猫の乳を飲むような仕草に、快感よりもくすぐったさが勝った。クスクスと笑い声を漏らす透弥を見つめ、ギルバートが右側をそっと指で撫でた。

小さな突起に触れるか触れないかの位置に指を置き、ゆっくりと円を描く。左側は相変わらず唇で擦るばかりで、一向に舌を使う気配がない。一度射精したことで余裕があったのは最初のうちだけで、微かな刺激ばかりを断続的に与えられているうちに、もどかしさが募っていく。

「あ……、んん……っ」

もっと強く擦ってほしくて身を捩ると、ちゅっと音を立てて乳首を吸われた。反対側も、より明確な力加減でくにくにと転がされる。それでまた下肢が疼《うず》き、透弥は堪らず腰を揺らめかせた。

「ここをされるのが気持ちいいのか？」

　ギルバートが目だけを上向けて問う。

「うん……、きもち、い」

「今のままで十分か？」

「……もっと、強くしてほしい」

　羞恥に頰を赤らめながらも、透弥は素直に訴えた。「そうか」とギルバートは満足そうに返し、今度は舌と二本の指を使って攻め始めた。こよりを作るように指を擦り合わせて乳首を刺激し、反対側を舌全体で舐める。それから舌先を使って押しつぶした。

「あっ、ぅ……い、いっ……きもちぃ……っ」

　求めていた快感に、透弥の中心はますます熱を募らせていく。一度吐精したはずの雄は再び首をもたげ、ギルバートの腹に当たっていた。

　ギルバートは内股の汗ばんだ皮膚に左手を這わせた。秘された場所まで触れると、蕾の周りの肉を指で左右に開く。

「よかった。それなら、気持ちいいことをたくさんしながらここを触ろう」

　そう言って、ギルバートは一度身を起こした。小瓶の蓋を外して右手の指にたっぷりと潤滑剤を垂らす。透明な液体は粘度があって、彼の長い指を伝っていく様は官能的だった。

今度は右側の乳首を舌で転がしながら、ギルバートは濡れた指を窄まりに宛がった。唾液をまとわせたときよりもスムーズに、小さな孔《あな》が指を飲み込んでいく。

「ひぁ……ッ」

「これは確かにいいな。滑らかにトウヤの中に入ることができた」

肉を掻く動作は前回よりも遠慮がなく、ぐちぐちと音を立ててギルバートの指が体内を出入りする。その間も右の乳首を乳輪ごときつく吸われ、先端を舌で転がされて、透弥は顔の横のシーツに指を絡めて縋った。

痛くはない。気持ちよかった。前回覚えた異物感もほとんどなく、ギルバートから与えられる刺激を性感として受け取っている。多分、ギルバートの部屋でした一回で教え込まれてしまったのだ。ここが快楽を得る部位なのだと。

元来真面目で熱心な性格のギルバートは、閨でもその気質を十分に発揮した。透弥が悦がった場所をしっかり覚えていて、指で的確に刺激する。特にあの、腹側にあるしこりを何度も擦られると、それだけで下半身がぐずぐずに溶け崩れてしまいそうになるのだ。

二本、三本と指を増やされてもそれは同じで、潤滑剤を足しながら熱い肉を掻かれるたび、透弥は体の内側から得る快楽に身悶えた。

セックスに気乗りしない性質《たち》だと思っていたのが嘘のようだ。乳首を弄られて感じ、後孔を指で犯されて乱れ、再び勃《た》ち上がった性器を先走りでぐしょぐしょにして、一体どうやったらこの体が淡泊だと言えるのか。

（本当の恋を知らなかっただけだ。好きな人に触れられる快感がどんなものか、分かってなかった）

相手からアプローチされるまま交際をしていたけれど、本当は誰ともきちんとした恋愛をしていなかったのだろうと、今になって痛感する。ギルバートと恋に落ちて、初めて。

「も……、い、挿《い》れて……っ、ギルバートのを、中に……ッ」

脳を焼かれるような悦楽の中、透弥は興奮で目を潤ませながら必死に訴えた。けれどギルバートは緩慢な調子で「うん？」と微笑むばかりだった。

「まだもう少し馴らしておきたい」

「ゃ、あ……ッ、もう、欲しい……」

「でもなあ……、これを挿れるんだぞ？」

ギルバートは透弥の足首をつかむと、内股にそっと引き寄せた。足の側面に熱くて勇ましいものが触れ、透弥はぴくりと身を跳ねさせる。ギルバートの雄は力強く勃起していて、足で触れただけでもその大きさがうかがえる。

「ようやくトウヤと繋がれるんだ。つらい思いをさせたくない。俺はちゃんと、トウヤを感じさせたいんだよ」

透弥を労るようにギルバートは指の腹で足首を撫でた。彼の優しさに愛しい思いが募る。けれどギルバートへの愛情を自覚すればするほど、体はどんどん淫らになって、早く彼を受け入れたいと訴えるのだ。

欲望のまま透弥は足を動かし、ギルバートの中心に自ら触れた。予想外の行動だったらしく、ギルバートが硬直する。

足の裏で全体を慎重に刺激したのち、指を丸めて先端から根元までをゆっくり撫で下ろす。拙い愛撫だが、ギルバートの雄がより膨らんだのを実感し、透弥はごくりと喉を鳴らした。

「もう、十分気持ちいいから……だから……」

足首を動かして太い幹に甲を擦り寄せる。途端に、後孔を埋めていた指が勢いよく引き抜かれた。

弾かれたように上体を起こしたギルバートが、透弥の細腰を両手でつかんだ。中への刺激を求めてひくつく孔に、熱い切っ先が宛がわれる。次の瞬間には、体の中心を肉杭《くい》で貫かれていた。

「ああぁッ！」

目の間で火花が散るような衝撃があり、透弥は背中をしならせて嬌声をあげた。今の一突きで軽く達したらしく、鈴口から白い雫がぽたぽたと腹に落ちる。たくましい雄を飲み込んだ内壁が、うねるように蠢いてギルバートに絡みついた。

「……は……ッ、悪い……痛くなかったか？」

ギルバートもまた興奮で頬を紅潮させ、苦しげに眉を寄せながら尋ねてきた。自分の中で感じてくれたのだと思うと嬉しい。彼が気持ちよくなる姿をもっと見たい。

「平気……動いて」

腕に手を添えてねだると、彼は喉仏を上下させた。けれどまた理性を飛ばすようなことはせず、自分を落ち着けるように長い溜め息をついたのち、枕元に並ぶクッションへ手を伸ばした。一つを引き寄せ、透弥の腰の下に置く。

「最初は、トウヤの気持ちいい場所だけ擦るからな」

結合が解けるギリギリの場所まで腰を引くと、太い幹に潤滑剤を垂らした。その滑りを借りて再び中へ入り込むと、丸い先端を例のしこりに擦りつける。

「ぁあっ！　あんっ、ぁ、ひぁッ」

腰を小刻みに動かしながら、快楽を得る部位を集中的に刺激され、透弥は堪らず嬌声をあげた。浅い場所を中心に蕩けた肉を掻き回され、おかしくなりそうなほど感じる。性感のスイッチに延々圧をかけられているようだった。

閃光《せんこう》のようなものが体の内側を一瞬にして駆け、脳内でどぷっと快楽物質を撒き散らす。それは射精を伴わない、ごく浅い愉悦の波だ。深い絶頂ではない分、達してしまう基準が低くて、秘所をぐりぐりと抉《えぐ》られるたびに透弥を簡単に飲み込む。

（こんなのずっとされたら、間違いなくおかしくなる）

予想していた以上の快楽が恐ろしく、透弥は堪らずかぶりを振った。

「そ……っ、そこだめ！　もっと奥まで来て……！」

「いいのか？　苦しくないか？」

「いいっ、平気だから……っあ、ぁ、早くぅ……」

ギルバートの腰に脚を絡め、透弥はより深くへ彼を誘った。熱を帯びた眼差しを透弥に向け、ギルバートがベッドに手をつく。繋がった箇所に圧がかかり、ぐぐぐっ……と奥まで屹立《きつりつ》が差し込まれる。

「ひぅ……っ！」

媚肉《びにく》を掻き分けて侵入してくる雄の、その圧倒的な質量に、透弥は喉を反らせて息を呑んだ。受け入れた場所が熱くて、頭が真っ白になる。どうしよう、予想外だ。気持ちいい。

中の具合を確認するように、ギルバートが緩慢な調子で腰を動かし始めた。熱く熟れた肉は悦んでギルバートを飲み込み、与えられる快感にむしゃぶりつく。抽挿のたびに潤滑剤がぐちゅっぐちゅっと淫靡な音を立て、聴覚からも透弥を犯した。

「あぁ……、っひぁ……ッ！」

深い場所を擦られる官能は、浅い場所で得られるものとはまた違った悦さがあり、透弥は全身を細かく震わせて感じ入った。ギルバートの抱き方はゆっくりなのに、一突き一突きに重みがあって、どこを嬲られても確実に性感を得る。

奥を突かれたらもっと苦しいものだと思っていた。そうしたらいくらか冷静になれると思ったのに、実際にはただ気持ちいいばかりで、だからずっと乱れてしまう。

ベッドに肘をついて透弥を囲い、ギルバートが断続的に腰を送ってくる。

「あっ、あ、ぁんっ、あんっ」

「はあ……っ、中、熱いな……。トウヤもちゃんと悦くなってるか……？」

「やぁっ、あぁっ！　きもちい……ッ、きもち……っ！」

顎から汗を滴らせながら、ギルバートが透弥をじっくり観察しているのが分かる。透弥のほうはもうぐずぐずで、ギルバートから与えられる悦楽を、蕩けた体でされるがまま受け止めているだけだ。反り返った中心はひどい有様で、垂れ流しているのが先走りなのか精液なのかも判然としなかった。

一度体を起こしたギルバートは、透弥の腰をつかんでずるりと雄を引き抜いた。ベッドに膝立ちになり、陶然としている透弥に四つん這いになるよう促す。

後背位の体勢で挿入したギルバートは、そのまま透弥の腕を引いて上体を起こさせた。ぎゅっと透弥を抱きしめながら、斜め下から激しく突き上げてくる。

「ああァ……ッ……！」

正面から抱き合っていたときとは違う場所を穿《うが》たれ、透弥は天を仰いで喘《あえ》いだ。律動に合わせて鈴口からとろとろと白濁が漏れる。とにかくずっと気持ちよくて、霞《かすみ》がかかっているように頭がぼうっとして、絶頂のラインが曖昧になっていた。

後ろから乳首を摘まれ、下から揺さぶられて内壁を擦られ、深すぎる愉悦に透弥は啜り泣いた。

「可愛い……、可愛いな、トウヤ。もうトウヤを手放せる気がしない」

普段の彼からは想像もつかないほど甘い睦言《むつごと》を繰り返しながら、ギルバートが腰の動きを速めていく。二人とも全身汗だくで、濡れた皮膚が互いによく馴染んだ。首筋にかかる息は荒く、ギルバート

もまた限界が近いのが伝わってくる。

「好きだ……ッ、愛してる、トウヤ……！」

透弥を腕に抱いたまま、ギルバートが思いの丈をぶつけてきた。様々な体液でどろどろになっている透弥の中心を握り、勢いよく扱き立てる。湯水のように生温《なまぬる》く透弥を浸していた快感がより鮮明になり、透弥は髪を乱して鳴いた。

体内の弱いところを何度も抉られ、全身を激しく揺さぶられながら手淫を施されて、もうなにがなんだか分からなかった。精路を熱いものが込み上げてきて、今までで一番大きな波に飲み込まれる。

「っあ！　あぁっ！　ぼく、も……ッ——！」

胸に回された腕に手を重ね、透弥は全身を震わせて射精した。ギルバートの手の動きに合わせ、随分と量の少なくなった白濁がとぷっとこぼれる。頭が真っ白になるような強烈な絶頂の中、ギルバートを咥え込んだ後孔が蠕動《ぜんどう》し、淫らな動きで彼の精を搾り取ろうとする。

「ぐっ……、……ッ……！」

低く呻いたギルバートが、雄を奥まで埋め込んで身を震わせた。体の深い部分で欲望を吐き出される。ゆったりと腰を揺らしながら熱い体液を注がれ、透弥は恍惚の表情で宙を眺めた。誰にも触れられない場所に、彼のものである印を刻まれるのが嬉しかった。

結合が解かれる頃には二人ともくたくたで、ギルバートは透弥の腰に腕を回して体の横からベッドに倒れ込んだ。後ろからゆるく抱かれ、背中に彼の体温を感じながら透弥は荒い呼吸を繰り返す。

「つらくなかったか？」

うなじに口付けながら、控えめな調子で尋ねてくるギルバートに、透弥はふっと笑みをこぼした。

「ギルバート、挿れる前も挿れたあとも僕を優先してくれてるね。そんなに心配しなくても、僕はずっと気持ちよかったよ」

いつもはギルバートが「そんなに気を遣いすぎる必要はない」と言っているのに、情事の間はまるで立場が逆だ。そんな彼を知っているのが自分だけだと思うと、この上ない多幸感に満たされる。温かい気持ちが胸いっぱいに満ちて、自然と表情がゆるんだ。

ギルバートを宥めるつもりで、自分を抱く腕をぽんぽんと軽く叩くと、透弥は首を捻って彼を振り返った。視線がぶつかり、互いに無言で唇を重ねる。

軽く啄むだけのキスを何度かしたのち、彼は込み上げる感情を堪えるかのように顔を歪めた。ギルバートがより深く透弥を抱き竦める。縋るような仕草に、透弥は「どうしたの？」と戸惑いを見せた。

「正解は自分で見つけろなんてえらそうに言ったくせに、あれなんだが……」

透弥を腕に閉じ込めたまま、ギルバートは口を開いた。

「もうトウヤの答えを知っているからとか、魔法陣が壊れたあとだからとか、色々言い訳したうえで……やっぱり言わせてくれ」

密着しているために、ギルバートの鼓動の速さが背中から伝わってくる。激しい情事のあとだからという理由だけではない気がして、透弥の胸も自然と高鳴っていく。

「どこにも行くな。この先も一生、俺の隣にいてくれ」

透弥の首筋に顔を埋め、ギルバートは切々と思いの丈を吐露した。その言葉を心の内に秘めていたのかと思うと、名状しがたい感情が溢れて胸がいっぱいになる。

ギルバートの特徴的な色の髪に頰を寄せ、透弥は熱い涙を一粒落とした。

「いるよ。……ずっと一緒だ、ギルバート」

透弥が約束を違えることはもうない。ナフィリィへの誓いも、最愛の男への誓いも、この先の人生の中で永遠に抱えていくものだ。

身じろいだギルバートが、ベッドに肘をついてわずかに身を起こす。至近距離から見下ろされ、透弥の顔にギルバートの影が落ちた。降ってくる唇をまぶたを伏せて受け止め、透弥はまた一筋、幸福の涙を目尻から伝わせた。


夏の日差しが鳴りを潜め、寒い冬に移り変わり、再び芽吹きの季節がやってくる。透弥がネスティニア王国に再召喚されてから、あっという間に一年が経った。

魔王城跡地を目指したときと同様、魔弓士の装備を揃えた透弥は、王都から一番近い森の入り口に立っていた。頭上に広がる空は青く、やわらかな春の陽光が、風に揺れる草木を輝かせている。冒険の始まりには最適な天気だろう。

「収納用魔道具はちゃんと持った？　薬と、状態異常回復薬、あとはテレポート魔道具は常に十分な量を持ち歩くのよ。トウヤの魔法は攻撃特化型なんだから」

　森の入り口で透弥にあれこれ指南するのは、かつて同じパーティで冒険をしたララだ。この数日、透弥以上にそわそわしていたララは、一緒に冒険用の魔道具を扱う行商のもとへ行ったり、魔弓の状態を確認したりと気にかけてくれた。気が強いところもあるけれど、本来は心優しい性格なのだ。

　彼の隣に立つクリフは、騎士団の制服を身に着けていた。仕事の合間に、わざわざ透弥を見送りにきてくれたのだ。

「騎士団の一員としては、勇者様が王都を離れることを口惜しく思います。ただ、仲間の一人としては、新たな地でのあなたのご活躍が耳に届くことを、心から楽しみにしていますよ」

　穏やかに告げるクリフは、出会った当初より雰囲気が落ち着いたように見える。現在は第二王子の専属護衛騎士を目指し、日々鍛錬に励んでいるようだ。戦闘の腕もかなり上達したのだと、先日騎士団の補佐として任務に同行したララが教えてくれた。

「うん、ありがとう。ララもクリフも」

　冒険をともにした仲間たちを前に、透弥は感慨深い気持ちで微笑んだ。

　ネスティニア王国を震撼《しんかん》させた魔王復活疑惑が無事に解決し、半年が過ぎた。透弥はララと同じく騎士団の補佐役を務めて生計を立てていたが、このたび正式に冒険者登録を済ませ、旅をしながら生きていくことにしたのだ。

　拠点とする場所があるのはもちろん安心感がある。騎士団との仕事はやりがいがあり、戦闘に長けた者が揃っているため心強い。それでも、透弥は変化していくことを望んだ。自分で決めた道を歩き、新しい世界を見にいくことを。

「ところで、トウヤの相棒はまだ？　伝説の勇者様を待たせるなんていい度胸じゃない」

腕組みをしたララが、きょろきょろと周囲を見回した。

「騎士団本部からの出発に時間がかかってるんですかね……。あっ、ほら、来ましたよ！」

王都から伸びた道に見慣れた人影を見つけ、クリフが大きく手を振った。ひょいと手を上げて応えたのは付き添いであろうアーロンで、目当ての人物は黙々と透弥のもとを目指している。

ギルバートは騎士団のものとは異なる、個人的に準備した防具をまとっていた。彼は今日から騎士ではなく、一人の剣士になるのだ。

「待たせて悪かった。騎士団の連中との挨拶が予想以上に長引いてしまった」

目の前までやってきたギルバートが、申し訳なさそうに頭を掻く。クリフが「やっぱり」と苦笑する中、アーロンは上機嫌に息子の脇腹を小突いた。

「ギルバートの退団を惜しむ奴らがあんなにいるとは思わなかったよなあ。トウヤに感謝しろよ。お前が他の騎士たちと打ち解けられたのは、間違いなくトウヤの功績なんだからな」

「分かってる。なんで時折やたらと親父風を吹かせたがるんだ……」

調子のいいアーロンに、ギルバートは目眩を抑えるように額に手を当てた。アーロンの心境が分からないでもなくて、透弥はクスクスと笑い声を漏らす。ギルバートとの間に溝があった騎士たちが、彼を慕っているのが嬉しいのだ。

騎士としての仕事を辞し、透弥とともに世界を旅する冒険者になる。ギルバートがそう決意したのは、三日間続いた祝宴が終わったあとだ。騎士団に所属したままでは、やはり自分の意思だけで困っている人たちを助けるのは難しい。そう考え、透弥にも相談してくれたうえでの決定だった。

とはいえ、ギルバートは騎士団の主要戦力だ。騎士団には激震が走り、当然多くの人が引き留めたが、最後はギルバートの意思を尊重することになった。

圧倒的な戦力であるギルバートに頼っていた点を反省し、騎士たちはより鍛錬に励むようになったという。この半年間で、ギルバートは数々の野獣討伐を担い、実戦の中で騎士たちを鍛えていった。

彼が提案した、「貧しい地域にこそ騎士の手を差し伸べる」といった施策は、少しずつだが実を結びつつある。大きな街に住む貴族からは、「騎士団の派遣率が落ちた」という不満の声もあるそうだが、その分冒険者への依頼が増えてより経済が動くようになった。貴族に雇われた冒険者は、依頼料を手に道具屋で武器を新調したり、酒場で飲み明かしたりするからだ。

すべての人に受け入れられるわけではない。それでも、庶民や冒険者を中心に、ギルバートの名前は広まりつつある。「弱き者に手を差し伸べる英雄」として。

「そろそろ出発するか」

隣に並んだギルバートが透弥に穏やかな眼差しを向けた。「うん」と微笑んで、透弥は三人に手を振る。かつての愛しい仲間たちへ。

「トウヤ」

歩き出した透弥に声をかけてきたのはアーロンだ。ギルバートと二人で振り返ると、彼は透弥たちをしみじみと見つめ、あの人懐こい笑みを浮かべた。

「お前はどこでだって強く生きていける。ギルバートを頼んだぞ」

そう言って見送るアーロンの表情には、ほんの少しの憂いもなかった。心の底から透弥を信頼している様子に、様々な感情が一気に湧き上がり鼻の奥がツンとする。十年前、透弥に変わるきっかけをくれた人に、自分は少しでも成長した姿を見せられただろうか。

目が潤むのを感じたが、明るい笑顔で別れたかったので、透弥はあえて元気に手を振った。

「任せてよ！　また必ず、ギルバートと二人でみんなに会いに戻ってくる！」

建前なんかじゃない。本心だ。たとえどんな困難が待ち受けていたとしても、ギルバートと一緒なら乗り越えられると確信していた。そしていつか、二人で経験した様々な冒険譚を、懐かしい仲間たちに語って聞かせたい。彼らと出会ったこの街で。

芽吹いたばかりの緑を眺めながら、ギルバートとともに森に足を踏み入れる。騎士団でどんな別れの挨拶をしてきたのかや、ギルバートを待つ間にララやクリフとどんな会話をしたのかを話していると、彼がじっとこちらを見ていることに気づいた。

「どうかした？」

「いや……トウヤの初恋は成就しなかったんだな、と思って」

「え？」

「親父が初恋の相手なんだろ？」

あっけらかんとした調子で尋ねられ、透弥は危うく噎せそうになった。「大丈夫か、落ち着け」と背中をさすられ、どこからどう突っ込めばいいのか分からない。

「い、言っておくけど、今は本当になんとも思ってないからな!?」

「分かってる、別に疑ってるわけじゃない。悪い、話題に出されるのは嫌だったか？」

「嫌っていうか……自分の父親なんだから、ちょっとくらい気まずさを感じるものじゃないの？」

不快なわけでもないが、あまりに堂々としたギルバートの態度に面食らってしまう。

透弥とギルバートの仲を引き裂くためとはいえ、アーロンに対し友情以上の気持ちが少しもなければ、ナフィリィが「トーヤが好きなのはアーロン」などと言い出すことはなかった。聡明なギルバートは、そう考えるだろうと思った。

だから下手な隠し立てはせず、すべてを打ち明けたうえで、それでもギルバートを好きになったのだと伝えた。そのほうが彼に安心してもらえるのではないかと考えたのだが、まさかギルバート自ら透弥の初恋について触れてくるとは思わなかった。

ギルバートは首の後ろに手を当て、「あー……」と間を持たせるような声を出した。目尻がわずかに赤らんでいる。

「浮かれてるのかもな。俺は初恋を叶えたから」

一体なんの話だ、と不思議に思い、直後に透弥は目を丸くした。

「ギ、ギルバートの初恋って僕だったの!?」

思わず大きな声が出てしまい、枝に留まっていた鳥がバサバサッと音を立てて羽ばたいていく。自分で言い出したくせに、ギルバートは気まずそうに視線を逸らした。むずがゆそうに結んだ唇から彼の照れが伝わり、透弥もじわじわと頬に熱を上らせる。

「子供の頃から伝説の勇者に憧れてたって言っただろ。本人に会ったこともないのに変かもしれないが、俺の初恋は間違いなくトウヤだった。恋と呼ばないとおかしいくらい、親父の冒険譚に登場するトウヤに、ずっと焦がれていた」

大切な想いを打ち明けるように、ギルバートは慎重に言葉を紡いだ。目尻を染めたまま、ちらりと横目で透弥をうかがってくる。引かれていないだろうか、と恐る恐る確認する様子は、まるで耳と尻尾を垂らして飼い主の顔を覗き込む子犬だ。

その仕草に、ぎゅっと心臓を鷲《わし》づかみにされたような心地になる。うっ、ずるい、……可愛い！と、透弥が身を震わせて悶えていると、首から下げていたペンダントがちかちかと光を放った。戦いのあとにナフィリィが遺《のこ》した、真実の石を加工して作ったものだ。歪んではいるが、その石は魔王城跡地に落ちていたものよりも美しく透き通っている。

「わっ、また光った。最近よく光るんだよね」

チェーンを摘み、透弥はそれを顔の高さまで掲げた。ギルバートもまじまじとペンダントを見る。

「発光する場面になにか規則性はないのか？」

「うーん、なんだろ……？　あ、強いていえばギルバートのことを考えてるときが多いかも？」

顎に指を添え、透弥は首を傾げた。ギルバートと一緒にいるときに光ることが多いのだが、一人でいるときにも時折光るため、思いつく法則といえばそれくらいしかない。

透弥の発言にギルバートは思案する様子を見せた。なにか思い至ったのか、透弥をじっと見つめたのち、ふいに手を伸ばしてくる。

顎に指を添えられたと思ったら、目の前で顔が傾き、驚く間もなく唇を奪われた。掠め取るようなキスに、透弥は数秒の硬直ののちボッと頬を燃やした。

「えっ!?　……えっ!?」

「俺への愛情を感じたときに光るのかと思ったんだが、違ったか？」

ニヤリと口角を上げるギルバートはいかにも愉快げで、透弥は「やられた」と思った。

人目に触れる可能性がある場所では基本的にさっぱりした態度なのに、時折こうして不意打ちのスキンシップを図るのがギルバートの恐ろしいところだ。年下らしい一面を見せたかと思えば、すぐに透弥を手玉に取るあたり、本当に油断ならない。

そうこうするうちに、ペンダントトップである真実の石が前触れなく震え出した。今までで一番強い光が放たれる。

眩しさに目を眇めていた透弥は、二人の周りをなにかが飛んでいることに気づいた。透弥たちの前で動きを止めたのは、長い垂れ耳とふわふわの毛が愛くるしい、一匹の精霊だった。

「ナッ……ナフィリィ!?」

最後に見た姿と比べて随分小さく、片手に乗るくらいのサイズしかない、けれど空を飛ぶウサギのような外見はナフィリィそのものだった。隣でギルバートも唖然としている。

『ナフィリィ……？　ぼくのなまえ、ナフィリィ？』

小さな精霊は無垢な目を瞬かせ、小首を傾げてみせた。どうやら今この瞬間に誕生した精霊らしい。

「恋人への愛情を感じれば光る」とギルバートが冗談半分で口にした説が正しければ、愛情を司《つかさど》る精霊になるのだろうか。

驚愕のあまり言葉を失っていた透弥は、精霊に『ねえねえ』と胸元を鼻先でつつかれ、はっとした。生まれたばかりの小さな精霊に向かって、穏やかな微笑みを見せる。

「そうだよ、君の名前はナフィリィだ」

もう一度ナフィリィの名前を呼べることに目頭が熱くなり、弧を描いた唇が震えた。ギルバートも優しい表情を浮かべ、透弥の背中をそっとさすってくれる。

『ふたりはナフィリィの、パパとママ？』

ナフィリィの純粋な質問に、透弥とギルバートは顔を見合わせた。それから同時に噴き出す。喜びとおかしさがごちゃごちゃになって、嬉しいのに涙が出る。

やわらかな毛に覆われたナフィリィの手を、指先でそっと握った。

「僕たちはナフィリィの仲間だ。ずっと一緒に冒険をする、大切な仲間だよ」

きょとんとして二人を見上げるナフィリィに、透弥は明朗な声で告げた。ギルバートは「そうだな」と頷き、大きな手をナフィリィの頭に乗せる。親指の腹で耳の付け根を撫でられ、ナフィリィはくすぐったそうに目を細めた。

「今度は俺も仲間に加えてくれ。この王国の伝説を作った、トウヤとナフィリィの仲間に」

ギルバートの穏やかな眼差しが、ナフィリィから透弥へ向けられる。それはとても不思議な感覚だった。

透弥が魔王を討伐した際、ギルバートはまだこの世にいなかった。透弥の初恋が成就しなかったために、ギルバートは生を受け、自身の初恋を実らせた。透弥をネスティニア王国に呼び戻した精霊は、新たな命を得て、今度は透弥とギルバートのもとにやってきた。

透弥の選択が一つでも違えば、こんな幸せな未来は訪れなかった。

『……うん！　ナフィリィ、ふたりのなかまになる！』

ぱっと表情を輝かせたナフィリィが、二人の周囲をくるくると飛び回った。透弥とギルバートは微笑みを交わし、ナフィリィを連れて再び足を踏み出す。

二人と一匹の間を、若葉の匂いを孕んだ風が吹いていく。枝葉の間から落ちる木漏れ日は優しく、透弥の門出を祝福するようだった。揺らぐことのない愛情を得て自信を取り戻し、過去ではなく未来を見据えて生きることを決めた、とある勇者の門出を。

あとがき

初めまして、もしくはこんにちは。村崎《むらさき》　樹《たつる》と申します。このたびは「再召喚勇者は年下騎士の執愛《しゅうあい》から逃げられない」を手に取っていただき、誠にありがとうございます。

今作から新しい担当編集様とお仕事をすることになりましたので、今回は初心にかえり、自分の好きなものを詰め込んだＢＬにしました。不遜な年下攻めに、物腰やわらかな年上受け、異世界召喚もの、魔獣を退治しながらの冒険……。現代に生きる主人公が異世界に迷い込んでしまう設定は、既刊の「ラスボス予定の聖騎士に求婚されています」にも通じるものがありますが、ラスボス～がみんな主人公に優しい初心者向けパーティだったのに対し、透弥《とうや》は少々ハードモードのパーティで冒険をすることになりました。

白魔導師のララは癖が強いし、騎士のクリフは頑なに「ライナス」呼びを貫いてララの怒りを買うし、なにより攻めのギルバートがつんけんしていて手に負えない。頭を抱える透弥の姿がありありと想像でき、クスクス笑いながらの楽しい執筆となりました。

それでも苦労した分、透弥はわたしが書いたキャラクターの中でも屈指の男前受けに変貌したと思っているのですが、いかがでしょうか。ギルバートも落ち着きと年下感を兼ね備えたハイブリッドスパダリ攻めに成長したと思います。今後も二人で力を合わせ、ネスティニア王国をよりよくしていくことでしょう。人目がないところでこっそりいちゃいちゃしながら（笑）。

秋吉《あきよし》しま先生には、執着攻め感のある格好いいギルバートと、繊細ながらも年上の色気を放つ透弥を描いていただきました！　キラキラした華やかなイラストが本当に素敵で、ラフの確認の際も「最高です！」「大変よいです！」以外のコメントを返せないポンコツ作者と化しました。素晴らしいイラストをどうもありがとうございました。

担当編集Ｋ様には、楽しいおしゃべりでやる気を注入していただいたり、的確なご指摘で作品の舵取りをしていただいたりと、大変お世話になりました。「厄介な作家を担当してしまったぞ……」と、序盤の透弥のように頭を抱えていないことを祈るばかりです。

そして、最後までお付き合いくださった皆様に、心より感謝を申し上げます。刊行作品が片手で数えられる冊数を超えても、「楽しんでいただけるかな」と毎度新鮮にドキドキしております。読者様に取りまして、少しでもよい読書時間になっていましたら幸いです。

もしよろしければ、編集部宛てのお手紙やＳＮＳにて感想をお聞かせくださいませ！

それでは、またどこかでお会いする機会があることを祈りまして。

二〇二三年八月　村崎　樹

ラスボス予定の聖騎士に求婚されています

らすぼすよていのせいきしにきゅうこんされています

村崎 樹

イラスト：サマミヤアカザ

本体価格 870 円+税

ブラック企業の社畜リーマン・織人はある日、古いRPGゲーム『ディサピアード・セイント』の世界にトリップしてしまった！　そこで旅人となった織人は、すぐに最初の仲間となる美貌の聖騎士団副団長・シルヴィスと出会う。シルヴィスはゲーム後半でラスボス「破滅の王」と化すキャラクター。それを知る織人は距離を置こうとするけれど、彼の誠実な人柄に惹かれ、いつしか男主人公では発動しないはずの恋愛ルートに突入。シルヴィスから熱烈に愛されるようになってしまい…!?　愛する人を闇堕ちから救いたい──。孤独な騎士×平凡なサラリーマンの異世界トリップファンタジーBL！

リンクスロマンス大好評発売中

年下Domの溺愛コマンド

とししたどむのできあいこまんど

村崎 樹

イラスト：亜樹良のりかず

本体価格 870 円+税

人を支配したい「Dom」、人に支配されたい「Sub」、そのどちらでもない「Neutral」という第二の性が存在する社会。Neutralの会社員・倉成は、ある日、自分がSubに突然変異したことを医者から告げられる。心身の健康のためDomのパートナーを探すことをすすめられるも、プレイに抵抗感のある倉成には恐怖でしかなかった。ところが、いち早く倉成の異変に気づいた部下の朝比奈は、自分がDomであることを打ち明け、倉成が本当に安心できる相手に出会うまで仮のパートナーになることを提案する。戸惑う倉成だが、強引なまでの朝比奈の申し出を受け入れてみることにして…!?

この本を読んでのご意見・ご感想をお寄せ下さい。

〒151-0051
東京都渋谷区千駄ヶ谷4-9-7
(株)幻冬舎コミックス　リンクス編集部
「村崎《むらさき》 樹《たつる》先生」係／「秋吉《あきよし》しま先生」係

リンクス ロマンス

再召喚勇者は年下騎士の執愛から逃げられない

2023年9月30日　第1刷発行

著者……………村崎《むらさき》 樹《たつる》
発行人…………石原正康
発行元…………株式会社　幻冬舎コミックス
〒151-0051　東京都渋谷区千駄ヶ谷4-9-7
TEL 03-5411-6431（編集）
発売元…………株式会社　幻冬舎
〒151-0051　東京都渋谷区千駄ヶ谷4-9-7
TEL 03-5411-6222（営業）
振替00120-8-767643
印刷・製本所…株式会社　光邦
検印廃止

ISBN978-4-344-85313-3 C0293
Printed in Japan

幻冬舎コミックスホームページ　https://www.gentosha-comics.net